SHANGHAI LITERATURE & ART PUBLISHING GROUP

故事会
精品系列

餐桌故事

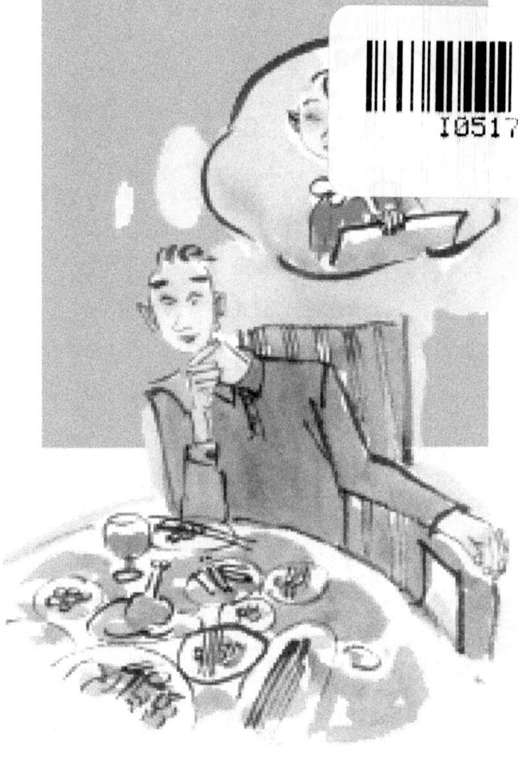

上海锦绣文章出版社
上海故事会文化传媒有限公司

上海文艺出版（集团）有限公司

图书在版编目（CIP）数据

餐桌故事 《故事会》编辑部编 – 上海：上海锦绣文章出版社
（故事会精品系列） ISBN 978-7-5452-1016-3

Ⅰ．①餐…Ⅱ．①故…Ⅲ．①故事 作品集 中国 当代 Ⅳ．I247.8

中国版本图书馆 CIP 数据核字（2011）第 207685 号

丛 书 名：故事会精品系列

书　　名：餐桌故事

主　　编：何承伟

编　　委：何承伟　吴　伦　姚自豪　夏一鸣

责任编辑：刘迎曦　鲍　放

装帧设计：王　伟

责任督印：张　凯

出　　　　版：　上海锦绣文章出版社

　　　　　　　　上海故事会文化传媒有限公司

POD 海外发行：　中国图书进出口上海公司

　　　　　　　　电话：021-36357888

　　　　　　　　传真：021-36357896

　　　　　　　　地址：上海市虹口区广中路 88 号

　　　　　　　　邮编：200083

海外 POD 发行版本　　　　　　　　　　　　

 上海故事会文化传媒有限公司 出品（00246）www.storychina.cn

STORIES

目　　录

酒 迷 心 窍

自古欢愁一杯酒,欢也好,愁也好,都化入那令人迷醉的琼浆玉液。美酒虽好,贪杯可就麻烦了。

当心喝醉酒

城管局的赵局长有次喝醉了酒,一出酒店大门,靠着行道树就撒尿。

秘书着急地在旁边拉他:"局长,大街上有女人。"

赵局长也不管:"女人怎么了,女人能把我的家伙吃了?"

正巧这时候局里有人路过,于是第二天,赵局长醉酒这一幕就在全局上下传开了。

赵局长平时并不是一个酒鬼,所以这次出了这么大的丑,他真恨不得要跳楼。

痛定思痛,赵局长下定决心要戒酒。

从此,餐桌上再有人劝他喝酒,他就给他们唱《戒酒歌》。这《戒酒歌》咋唱?

　　为了你的肾,为了你的胃,为了你有个健康的心肝肺,为了你的家庭多和美,少喝一回是一回;

　　为了自己身体少喝一杯,为了你的亲人少喝一杯;

　　都说是人逢知己千杯少,危难时酒肉朋友见过谁? 别指望排忧解难靠一醉,酒醒时自己的痛苦还得自己背;

　　说什么走熟酒场才能走官场,说什么酒喝够了经济才腾飞,说什么人生得意之时须尽欢,要当心乐极会生悲。

　　似这般逢场作戏何时了,别忘了父母妻儿倚门盼君归。

（李世顺）

（题图:李　加）

白科长与黑手套

　　税务局市场管理科的白科长是个酒鬼,三天两头总爱到下面蹭酒喝,时间长了,大伙儿就给他起了个外号,叫他"白喝科长"。

　　这天,辖区内有家小饭馆开张,白喝科长叫上科里的酒友小何,照例前去贺喜,照例喝得歪歪斜斜,照例由小何开摩托车送他回家。

　　不知是酒精的作用,还是有意想露一手,小何把摩托车开得飞快。白喝科长毕竟年纪大些,便提醒他:"你……你开慢点儿!"

　　小何却晃着脑袋说:"没事儿,这点酒算啥?我是酒……酒喝得越多,车开得……开得越……"

谁料他话没说完,就听得"砰"一声,他和白喝科长连车带人一下撞进了路边的湿煤堆里。

白喝科长好不容易才摇摇晃晃地从煤堆里爬起来,骂骂咧咧地冲小何道:"没……没金刚钻儿,你他妈就……就别揽这瓷器活,水仙……水仙不开花……你充什么……大头蒜?"

骂到这里,白喝科长不禁又惊叫起来:"哎呀,不对呀,我的手套……皮……皮手套怎么只剩一只了,快找……帮我找找!"

小何做了错事,自然不敢争辩,车也没顾上扶,就着摩托车的灯光,便在煤堆里找起白喝科长的皮手套来。

两个人找啊找,找了好大一阵,可是没找着。

白喝科长哭丧着脸说:"完了,完了,你嫂子最恨我……恨我丢东西了,知道了还不知咋……咋收拾我呢!"

说到这儿,他突然指着小何的手喊道:"啊哈!手套!我手套怎么跑……跑到你手上了?"

小何低头一看,可不是吗?自己右手上正套着一只黑手套,他急忙往下脱,可就是脱不下来,又使劲一撸,手套顿时被撸成了两半。

白喝科长一看着急了:"你赔……赔我手套!"

小何朝他撇撇嘴:"一只……破手套,就急成这样?赶明儿我给你买……买一副得了!"

"不行,"白喝科长说,"你马上……马上去给我买,不然,你嫂子不……不让我进屋。"

小何瞪起眼睛,朝白喝科长嚷嚷说:"现在商店早……早关门了,这会儿你……你让我上哪儿给你买去?嫂子那……那头还不好说?我跟你一块回家,去向她老人家赔罪……赔罪,还不行吗?"

事情既然到了这个地步,白喝科长也只好如此了。

且不说小何和白喝科长怎么费劲儿把摩托车扶起又推回

家,反正敲开家门,白夫人一见白喝科长这糊涂样儿,气就不打一处来。

白夫人刚要开口骂,白喝科长急忙指着小何说:"老婆,这回不怪……不怪我,是他把我的皮手套……手套撕破的。说好了,明天咱让他赔……赔新的!"

白夫人一听,照着白喝科长的脸抬手就扇了过去:"赔你娘的鬼!天天灌黄汤都把你灌傻了!你睁开狗眼看看,这大热天的,你戴什么手套?"

白夫人这一巴掌下去,可把白喝科长给打醒了!他低头朝自己手上一看,不禁大吃一惊,这才发现哪来的什么皮手套,不就是刚才连车带人摔倒时,手插进湿煤堆里粘的一手煤灰嘛!

(申之珉)

(题图:李 加)

两个酒鬼

三宝和四富在酒店里喝酒,两个人你一杯、我一杯,越喝脸越红,越喝话越多,喝到后来竟酒话连篇,一个劲地夸起了对方的老婆。

三宝说:"你老婆小巧玲珑,笑起来脸上两个酒窝一颤一颤的,我的魂也被她勾走了。"

四富说:"你老婆胸脯高,屁股大,女人味十足,我每回见了就动心。"

两个人说得口水直流,都是一副色迷心窍的样子。

趁着酒兴,三宝捶了四富一拳,说:"老弟,今晚你到我家来,我到你家去,大家换个新鲜,怎么样?"

四富眼睛一亮:"好!我和你高矮胖瘦差不多,只要不开灯、不说话，我老婆不会知道的。"

　　两个人看看手表，这时候已经是半夜里十二点半了，于是交换了门钥匙，就各自向对方家里走去。

　　先说四富，来到三宝家门口，此时楼上楼下没有一点动静，只有楼外树上的枝叶在风中颤动，发出"沙沙沙"的响声。天冷得很，四富捏钥匙的手已经冻麻了，他心急慌忙地好不容易把钥匙插进锁孔，把门打开，走了进去。

　　四富摸到床边，见三宝老婆"呼噜呼噜"鼾声打得正响，他心想：这个女人，怎么睡得这么死？不正是自己动手的好机会？于是"噼里啪啦"脱掉衣裤，赤条条地就上床钻进了被窝。一股热气顿时暖遍全身，四富便饿狼似的朝三宝老婆身上扑了上去。

　　三宝老婆被惊醒了，大骂道："你作死呀？瘟生！短命鬼！酒气冲天，手脚冰冷，你还想干什么好事？滚你娘的蛋！"说着，她猛一推，把四富推到了床边。

　　四富差点从床上滚下来，他心想：这个女人怎么这么厉害，杀猪宰狗似的蛮气十足？怪不得三宝说我老婆好。不过四富不甘心，他不敢出声，就缩在床边，等三宝老婆翻了个身，一会儿鼾声又出来了，便忍不住伸手去摸她的屁股。

　　三宝老婆于是又被惊醒了，又大骂："你这个赤佬棺材！半夜三更死回来，还要寻死作活？"她转过身子一蹬腿，四富痛得缩成一团，响也不敢响，只好拼命咬住牙，头上的汗也出来了。

　　四富一想：不行，得赶快走！要是过会儿自己被这个女人认出来，岂不更要被抽筋剥皮吃苦头了？于是赶紧溜下床，手忙脚乱地穿起衣裳就往外逃。

　　逃出门，四富忍不住在楼道里就摸出手机往家里打电话。

　　"滴铃铃——滴铃铃"，只听铃声响，就是没人接。坏了！坏了！一定是三宝和自己老婆在床上快活，居然连电话也顾不上接。四富想想自己吃了大亏，又气又急，不顾一切地冲出楼，就往家里狂奔。

到了家门口,四富拿出钥匙就往锁孔里塞,谁料左开右开就是开不开门。他一想:哦,这是三宝家的钥匙。对了,自己家的钥匙已经在酒桌上被交换到三宝手里去了。气急之下,四富拔出拳头就"砰砰砰"拼命敲门。

隔壁邻居闻声出来,一看是四富,急着说:"你怎么这时候才回来?出事啦!你老婆他们都到派出所去了。"

四富一听,惊出一身冷汗,猜想一定是三宝黑灯瞎火进门上床,被老婆发现,闹出事来了。他赶紧掉头下楼,出了门就往派出所跑。

派出所里,大家正在七嘴八舌地向所长反映情况,四富看到三宝鼻青脸肿地站在一边,断定这小子一定占了自己老婆的便宜,被众人打了,顿时怒从心头起,朝三宝身上扑了过去。

谁知三宝看到四富也红了眼睛,大吼着要和他干仗。

原来三宝和四富在酒桌上分手后,就去了四富家,可他把钥匙插进锁孔后,却怎么也打不开门。他做贼心虚,慌得愣在门口不知怎么办好,这时候,只听隔壁家的门"砰"一声开了,一个大胖子闪电般地朝三宝身上扑过来,三宝吓得丢了钥匙就逃。

一路上,只听后面是"捉贼、捉贼"的叫声,三宝吓得屁滚尿流,腿骨子都软了,最后逃到小区门口时还是被抓住了,因为左邻右舍听到动静都跑了出来,大家你一拳、我一脚地着实把三宝教训了一顿。

三宝连连哀求说:"我不是贼,不是贼呀!"

大家说:"不是贼,那你半夜三更撬什么门?"

三宝说:"我是到四富家去的。"

大家把三宝丢下的钥匙给四富老婆看,果然是四富家的。

四富老婆便追着三宝要人:"四富呢?四富现在人在哪儿?"

三宝自然说不出口。

于是四富老婆更急了："四富的钥匙都被拿了，半夜三更不回来，一定是出事了呀！呜呜呜呜……"

四富老婆急得号啕大哭，哭得大家心里都慌慌的，都觉得事态严重，说不定出了命案，于是揪起三宝就往派出所送。

三宝挨了揍不说，进了派出所连名声也没了，你说他现在见了四富眼睛能不出血？你睡了我老婆，居然还到派出所来看好戏？他当然要扑上来拼命了。

派出所所长一看他们这样子，就知道里面肯定有文章，一追问，三宝和四富不得不交代。

众人一听，"呸呸呸"直吐唾沫：狗一样的东西，竟然做出这种事情来，真是一点人味儿也没有了。

四富老婆气得手脚冰凉，坚决要和四富离婚。后来，三宝老婆也知道这事儿了，脸色铁青，狠狠扇了三宝两个耳光，怎么也不肯饶他。

两个酒鬼磕头又求饶，"噼里啪啦"狠命打自己的耳光，保证书写了一张又一张。派出所所长严厉批评教育了这两个酒鬼，又做了他们老婆不少工作，这事儿才算平息。

（张长公）

（题图：黄全昌）

阿皮醉酒

　　阿皮下海成了基建工地的包工头，他做的头笔交易就是汤老板单位的扩建工程。汤老板见阿皮人好摆弄，就指点迷津把包工程说成是挖金娃娃，阿皮禁不住汤老板一再劝说，最后糊里糊涂地借债把工程接了下来。

　　开工前，阿皮送了汤老板一个红包，又预付了一半酬金，这叫"喂食"。阿皮明白：逮鸡还得带把米呢，只要工程进展顺利，到收工时大家就都可以弄个双赢。随后，阿皮就招兵买马地摆开了大干的架势。

　　岂料天有不测风云，就在这节骨眼上，汤老板被检察机关找了去。阿皮闻讯立刻就傻了眼，因为这工程就像升起的吊车，一旦停电，上不得上、下不得下。没法子，阿皮只得重敲锣鼓重开台,为减少损失,硬着头皮去找汤老板的上司。

那上司姓郑,叫郑金,年纪轻轻的,衣着鲜亮,人也英俊,戴一副眼镜,文质彬彬,说起话来一套一套的。阿皮找上门的这天,郑金办公室里正好没人,阿皮于是就把一只牛皮纸信封推到郑金面前,笑嘻嘻地说:"郑领导,咱们一回生、二回熟,这是我的一点小意思,请笑纳。"

只见郑金伸手往信封上一按,将它推回给阿皮,脸上笑眯眯的,话却说得很重:"你这是干什么? 这不是存心要把我往绝路上送嘛! 你有困难,咱们可以商量,慢慢解决,但犯法的事千万不能做呀!"

阿皮被郑金这番话闹了个大红脸,心说:这家伙这么正经? 还'刀枪不入'哩。他只好收起信封退出来,一路胡思乱想地回家。

可谁知还没到家,他的手机响了,原来是郑金打来的,说突然来了几个朋友,晚上想聚聚,叫阿皮也去一起聊聊,地点在醉仙楼二楼包厢。阿皮一时吃不准郑金是什么意思,但想想新领导这么看得起自己,心里还是很得意,当晚天还没黑,他就颠颠地跑去了。

等了将近一个小时,郑金才带着一帮人来。他一看见阿皮,就像见到多年的老朋友似的,又握手又拍肩,嘴里还不闲着:"这是我哥们阿皮,听说你们来,他今晚一定要做东,和大家聚聚。你们都别拘束,酒拣好的,菜挑贵的,小姐找漂亮的,谁也不许装熊!"

众人闻言,个个脸上露出喜色,都齐声叫好。

阿皮这才明白郑金打电话让自己一起来聊聊的意思:这不明摆着是叫我给他埋单吗? 阿皮虽然心痛钱,但为了博得郑金好感,他只能乌龟垫桌脚——硬撑着了,于是便故作轻松地说:"是啊,是啊,大家今晚请随意,放开玩,放开玩!"

这一放开的结果,自然就是郑金先前说的好酒好菜统统上了桌,大家推杯换盏,你来我往,而郑金此时已经完全像换了个人,粗话连篇不说,与一个作陪小姐打情骂俏甚是亲密,话也刹不住了,还朝阿皮嚷嚷说:"他姓汤的算什么东西,蠢得像头猪,到处向人要钱。嘿,要那么多钱干吗? 放着看啊? 老子才不像他那么傻呢,一分钱不贪,可玩得开心……"

众人便逢迎:"高! 高! 郑哥的办法就是高! 来来来,喝喝喝,干杯!"

阿皮还从来没有喝过这么多的酒,肚子里已经开始翻江倒海起来,一想到今晚这桌酒的昂贵代价和遥遥无期的工程欠款,他只觉头痛欲裂,忍了许久之后,终于醉倒在了酒桌上。

不知过了多久,阿皮慢慢醒过来了,一看包厢里只剩下自己一个人,就下意识地去摸腰里的钱包,不由一惊:钱包不见了。莫非是有人顺手牵羊拿走了? 阿皮急得大叫起来。

小姐闻声奔进来,一问,不由笑了:"先生,您难道真忘了? 您不是亲手把钱包交给郑哥,让他替您埋单的吗?"

阿皮一听,惊讶地拍脑袋,好像记得,又好像不记得,他忙不迭地问:"那……那我的钱包现在在哪儿? 钱包里剩下的钱呢?"

小姐"咯咯"笑出了声:"您这个先生哪! 您还指望有剩钱? 郑哥他们拿剩下的钱去做桑拿了。"

想起自己辛辛苦苦赚来的钱居然就像水一样被别人"哗哗"地用出去,阿皮气得忍不住大吼起来:"狗日的假正经,他娘的活土匪!"他一肚子怨气直往头上涌,顿觉天旋地转,又吐又呕地一头栽倒在地上。

不知过了多久,阿皮才醒过来,心里仍然痛得像刀在剐。他摇摇晃晃地走出醉仙楼,被暖洋洋的太阳一照,心情才些许好转,只好在心里安慰自己:罢了,这钱就当给孙子用了!

(钱太玉)

(题图:安玉民)

鱼助酒兴

这天,好友张君过生日,邀了几个朋友去酒楼畅饮,阿昌也欣然应邀。

酒过三巡,一盘红烧鳜鱼端上桌中央,恰好鱼头冲着阿昌,鱼尾对着张君。

张君大喜,说:"鱼头鱼尾喝杯酒,你有我有全都有。"

阿昌知道张君这是要他把酒干了,喝酒阿昌从来不怕,虽不敢称海量,但"千克"不在话下,所以他一仰脖就把酒杯干了个底朝天。

张君立刻鼓掌大笑:"痛快!痛快!对面落座是缘分,头三尾四要喝尽!"说罢,他自己连干了四杯。

阿昌一看,自然不甘落后,也豪气勃发地又干下两杯,酣畅不已。

大家于是便推波助澜地齐声叫好,酒桌上的气氛非常热烈。

这时候,有人推了一下转盘,把鱼盘调了个方向,腹冲张君背对阿昌,众朋友趁机又起哄:"转得好,转得妙,腹六背八定干掉!"

阿昌迟疑了一下,见大家不依不饶,只好又干了八杯,很快,他汗出来了,头也晕晕乎乎的。

张君冲阿昌怪怪地一笑,拿起筷子,把鱼眼夹到阿昌的菜碟里,说:"高看一眼逢知己,敬上一杯表友谊!"说着,又递过一杯酒。

恭敬不如从命,阿昌只好接过,喝了个干净。

张君见了,一拍桌子,连连叫好,然后不失时机地从鱼腹上夹了一块肉给阿昌,充满感情地说:"推心置腹诉衷肠,再敬一杯又何妨?"

张君说得在理,阿昌只好又喝。

这一杯喝下去,阿昌的头就晕了,嘴里口齿不清地嚷嚷着:"我倒要看看你还有多少招数,统统使出来吧!"

张君立刻哈哈一笑,给阿昌夹了一片鱼唇,说:"唇齿相依诚可贵,连敬三杯尽心意!"

这张君真是"诡计多端",变着法儿地让阿昌喝酒。可谁让大家是朋友哩,阿昌摇晃着站起身来,接过酒杯又将杯中酒一饮而尽,并向朋友们拱手致谢,表示自己已尽酒量。

可不想,朋友们像是商量好了似的,齐心协力将鳜鱼翻过身来,说:"鱼儿翻身喜洋洋,按老规矩重开张!"

阿昌抹不下脸面,只好朝自己肚子里又灌下去三杯,可这回他终于再也支撑不住了,一下子醉倒在酒桌上……

（宋国昌）

（题图：李　加）

捉 酒 虫

有个人叫张扬，喝了一辈子酒，酒量大得惊人，但在最近一次体检时，他被查出得了高血压。老婆劝他："酗酒不但影响身体，还影响前程，还是戒了吧！"他想想老婆的话有道理，就决定戒酒。

可才戒了半天，张扬就感到浑身没劲，精神恍惚，五脏六腑隐隐作痛，只好让老婆陪着去看医生。

为张扬把脉的是一位鹤发童颜的老中医，一番望闻问切之后，老中医直朝张扬摇头叹息，说："酒是穿肠毒药啊，你却嗜酒如命，如今不但内脏器官受损，连中枢神经也遭到侵害。恕我直言，你患的是酒痨，只有彻底戒酒，才能得到根治。否则……"

张扬一听，吓得虚汗直冒，说："老先生医术高明，身手不凡，一眼就看出了我的病因。只是……这酒我每天少说也要喝个三斤五斤的,要我戒了它,难啊。"

老中医朝张扬点点头,捋着胡须说:"冰冻三尺非一日之寒,说戒就戒当然不容易。这样吧,我先开几帖中药,你服着试试。"

回到家,老婆赶紧把老中医开的药煎了给张扬喝。哪晓得这药喝下去还不到十分钟,张扬的酒瘾就又发了,他一看酒柜已经被老婆锁上,便像丢了魂似的一头栽倒在沙发上,脸色蜡黄,哈欠连天,鼻涕、口水不停地流,周身到处像有虫子在钻一样难受。

张扬求老婆给他点儿酒喝,老婆硬着心肠不理他,他于是立刻像一头发怒的狮子从沙发上跳起来,抓住老婆就打,直到把老婆打得鼻青脸肿,交出酒柜钥匙,才住手。

随后,张扬用钥匙打开酒柜门,拿出一瓶"茅台",开了瓶盖就"咕咚咕咚"举起瓶子把酒朝自己肚子里倒,倒完了,才长舒一口气,恢复了常态。他高门大嗓地对老婆说:"天天一个醉,能活一百岁!哼,谁戒酒谁就是傻子。"说完,一摔门骂骂咧咧地走了。

没办法,老婆只好哭哭啼啼地又去找那个老中医。

老中医听完张扬老婆的叙述,说:"这么重的药汤喝了都不管用,看来你男人就不是一般的酒痨,而是肚子里长了一条特别嗜酒的虫子,只要一会儿不见酒,它就会啃咬胃壁或肠壁,让你男人感觉烦躁难耐,生不如死。"

张扬老婆一听,急得差点晕倒,她哭着恳求老中医发发慈悲,一定要救救张扬。

老中医说:"我估计,你男人肚子里的这条酒虫,五六年都不止,应该是条老酒虫了,不是一般药力能奈何得了的。我身为医家,自然要竭尽全力救他的命,但你必须按我的吩咐去做才行。"

老中医接着就如此这般地对张扬老婆叮嘱了一番。

张扬老婆回家后，立刻去菜市场买回各种下酒菜，烧好后端上桌，又给张扬开了一瓶酒，然后拉张扬在桌前坐下，不断地为他斟酒夹菜，劝他尽兴喝。

老婆一反常态的这种做法，让张扬大惑不解："你今天是怎么回事？太阳从西边出来了？"

老婆说："我现在想明白了，人生在世，说穿了还不是为'吃穿'二字？男人喜欢喝酒，就像女人喜欢穿戴；男人不喝酒，枉在世上走。况且你在家喝的是别人送的酒，在外喝的是公家埋单的酒，既然都不用咱掏一分钱，不喝白不喝！只要你记住，喝了以后别朝我发脾气就行。"

张扬一听老婆这番话，激动得狠狠地在她脸上亲了一口，说："这才是我的好老婆嘛！"

晚上，张扬的两个妻舅也赶来助阵，推杯换盏地陪着张扬一直喝到半夜，把张扬灌得酩酊大醉，如死猪般沉沉睡去。

待张扬酒醒，已经是第二天上午了，他发现自己在一个陌生的房间里，全身被捆绑着，趴在一条板凳上，旁边站着老婆、两个妻舅和那个曾给他号过脉的老中医。

张扬气得大声呵斥："你们想干什么？快放开我！"

老婆给张扬解释说："别闹，老先生要为你捉酒虫。"

张扬破口大骂："你们都疯了？怎么相信这老骗子的胡言乱语？快放我下来！"

老中医却示意张扬老婆和两个妻舅出去，然后他自己也走出房间，"砰"地一声把门关上，任凭张扬一个人在房间里骂天骂地。

一个多小时后，直到房间里完全没了动静，老中医才让张扬老婆和两个妻舅随他一起推门进去。这时候，只见张扬全身大汗淋漓，奄奄一息地趴在板凳上，嘴里反复喃喃着一个字："酒……酒……"

老中医叫张扬老婆去端来一盆酒,搁在板凳下,对着张扬的口鼻。张扬闻到酒香味儿,立刻来了精神,瞪着一双血红的眼睛,恳求老中医快给他酒喝。可老中医理也不理他,端张小凳在他旁边坐下,说是等他肚子里的那条酒虫爬出来。

十分钟过去了,又是十分钟过去了,酒虫没出来,张扬的口水却"滴滴答答"直往酒盆里掉,他伸长舌头想舔盆里的酒,可就是够不着,于是便拼命挣扎,大骂老中医是混蛋。

看着他这般痛苦的样子,张扬老婆在旁边心疼得直掉泪。

又二十分钟过去了,还是不见酒虫出来。这时候,连老中医也沉不住气了,疑惑地对张扬老婆说:"我用此法捉酒虫十拿九稳,今天是咋回事?莫非你男人肚子里根本就没有酒虫?"他想了想,问张扬老婆,"你这盆里倒的是什么酒?"

张扬老婆说:"就是我烧菜用的烧酒呀!"

老中医指指张扬,又问:"他平时不喝这个吧?"

张扬老婆点点头说:"那当然,他哪喝这个!平时喝五粮液,还有茅台。"

老中医眼睛一亮:"怪不得,原来问题在这儿!"他给张扬老婆解释说,"你男人肚子里的这条酒虫长期喝惯了好酒,所以你现在用做菜的烧酒根本不顶用。快,快去拿瓶茅台来!"

张扬老婆火速去拿来一瓶茅台,又端来一只盆子,老中医把茅台倒入盆里,屋子里顿时香飘四溢。不过张扬这时已经被折腾得昏睡过去了,老中医叫张扬老婆和两个妻舅不要出声,说酒虫就要出来了。

果然不到一支烟工夫,张扬的鼻孔里就露出了一截虫子,那虫子被酒香撩拨得不停地扭动身子,一对针鼻大的小眼睛贼亮贼亮的,它张口吐舌地想喝盆里的酒,可就差那么一点儿,够不着,于是就又往外扭出一点身子。

老中医见状,赶紧将酒盆稍稍移开一点,待那虫子又往外扭出一点身子时,他又将酒盆移开一点。直到那虫子扭出大半截身子,老中医朗声笑道:"好哇,这下看你往哪儿逃?"一边说,一边就伸出手去,一把抓住它的身子,"咚"地将它丢进了酒盆。

张扬老婆和两个妻舅伸头一看,只见酒盆里的这条虫子,三寸来长,浑身长着小脚,头大嘴阔,那怪模样儿吓得他们目瞪口呆。

老中医这时候长出了口气,指指张扬说:"帮他把绳子解开吧,让他自己亲眼看看,相信这辈子他再也不会喜好杯中之物了!"

张扬老婆和两个妻舅立刻七手八脚地把张扬身上绑着的绳子解开,张扬宛如从梦中惊醒。他看到酒盆里的虫子倒吸了一口冷气,问老中医:"这家伙能在酒里活多久?"

老中医说:"只要有酒,它就可以永远活下去。但是只要离开酒,要不了半个时辰它就会死去,就像鱼儿离不开水一样,酒是它的命根子。"

张扬想把这条酒虫留下来给自己做个纪念,老中医却笑着拒绝了。张扬问何故,老中医说:"世界之大,无奇不有,这玩意儿我还要留着警戒世人呢……"

张扬从此滴酒不沾。

(沈定顺)

(题图:杨宏富)

百 醉 千 悔

做人讲人品，喝酒也要论酒品。
杯中窥人，少不了九曲十八弯的波澜
起伏。

五十几岁别学坏

　　秘书科科长老马再过两年就该退休了,回首往事,他突然感到自己这辈子过得太平淡:老婆是父母包办的,谈不上什么爱情;单位里能忍则忍,该让就让,谁都说自己是个老好人。可老好人有什么用,将来退休了,连点值得回味的地方也没有。

　　看看与秘书科一墙之隔的那个后勤科科长老牛,那才叫活得滋润,人家就像民谣里唱的:九十年代一大怪,五十多岁才学坏,唱歌要唱迟来的爱,跳舞专搂下一代。虽然老牛被领导不点名地批评过两次,可人家依然嘻嘻哈哈地不在乎,还说这把岁数了,不争朝夕行么? 只要一想到老牛,老马心里就很不平衡。

　　前阵儿,老马听同科室的小马讲过不少酒店包间里的事,他很想去那种地方开开眼界,潇洒一回,可又没有胆量,想来想去,就琢磨着要让小马给自己带带路。

这天下午，老马在办公室写材料，他起草，让小马帮着誊抄。眼看快到下班时间了，老马还没写好，小马等得有点不耐烦，老马于是就安慰他："别急，待会儿咱们去吃工作餐。"

吃工作餐自然不用掏自己腰包，小马这才安下心来。不过他提醒老马："你可别抠门，到时候用一碗面条打发我。瞧瞧人家老牛，哪月不去几次大酒店。"

"嘿嘿，嘿嘿！"老马只是笑，却不多话。

等科里的人都下班走了之后，老马这才从从容容地站起来，从"小金库"里拿出一些钱，递给小马，说："拿着，今天就看你怎么安排了。"

小马脑子活络，见老马给的钱不少，眼睛一眨，就拉着他去了市中心一家迎春大酒店，要了一个包间，点了两个小姐。

老马这才体会到，包间真是个好地方，夹菜、斟酒、点烟，全不用自己动手。

两个小姐都是十八九岁的姑娘，一个叫小艳，风情万种，一个叫小梦，清纯如水。她们对老马和小马忙前忙后地服务，伺候得周到无比，只是在称呼上让老马不习惯。她们叫老马和小马一律为"哥"，这不乱了辈分么？不过听了一阵之后，老马也自然了，甚至还觉着好像真把自己叫年轻了呢。

所谓包间，其实是两个相连的房间，外间放餐桌，里间唱卡拉OK，中间拉一道布帘。酒喝过之后，小艳就提议到里间放松一下，唱唱歌，跳跳舞，老马于是又长了见识：没想到这种地方吃喝跳舞可以同时进行啊！可惜老马不会跳舞，也不会唱什么流行歌曲，进了里间便手足无措起来。

小梦是个善解人意的姑娘，她一看老马的窘样，便到吧台去找来几张唱戏的碟。老马平时对戏曲有兴趣，虽然在人多的地方不开口，关起门来却也能哼哼几句，现在加上又喝了点酒，挺兴奋,也就不管不顾地唱起来。

老马唱了几段京剧,唱了几段豫剧,最后又和小梦合唱了一段黄梅戏《夫妻双双把家还》。唱到最后,小梦拉着老马的手做了个比翼双飞的动作,让老马整个身心都飘了起来,似乎自己还真有那么一点飞鸟的感觉。

而小马呢,则一直搂着小艳,在昏暗的灯影里跳舞,脸贴脸、胸贴胸的,半天不见挪一步。老马也不管他了,自己唱尽了兴,就和小梦坐下来天南海北地"侃大山"。老马第一次发现,自己的知识竟是那么渊博,侃起大山来竟是那么滔滔不绝。嗨呀,只可惜过去自己太埋汰自己啦!

等小马也终于跳累了,四个人于是又回到酒桌上,变着花样地继续喝起酒来。

这一晚,四个人就这么喝够了去里间,累了再出来喝,老马早已迷迷糊糊地醉眼迷离,梦里不知身是客了。

第二天醒来,老马才听老婆说,自己昨夜是被小马用三轮车送回家的。至于昨晚自己到底喝了多少酒,干了什么事,他一点也记不起来了,唯一记得的就是小梦,那个陪他侃大山的小姐。

到了星期天,老马满脑子都是小梦,就想再去见见她。他借口要去办公室整理材料,和老婆打了个招呼,就离开家直奔迎春大酒店。

老马点名要见小梦,老板娘却朝他摇头:"小梦不在,你换一个吧,我们这里小姐多的是。"

可老马只记挂小梦:"她在哪里?"

老板娘有些不高兴,嘴一撇,说:"她去上海了。"

老马一听很失落,追着问:"她去上海干什么?"

老板娘说:"治病。"

老马心里一惊:"她得病了? 得的什么病,要到上海去治?"

老板娘说:"艾滋病。"

"什么,艾……艾滋病?"老马顿时吓了一大跳,冷汗立刻"唰唰"地从头上冒出来:那天晚上自己醉得一塌糊涂,会不会对小梦做了出格的事? 万一……那自己不也染上这个要命的病了? 老马心里发虚,突然就感到下身隐隐作痛起来。

这下老马哪里还有喝酒的兴致,他急忙跑出酒店,医院里不敢去,就悄悄看街边电线杆上那些乱七八糟的广告,寻找包治性病的祖传秘方,最后选中一个,便按照上面的地址找了过去。

这个自称有祖传秘方的医生住在车站旅社的一个房间里,看上去五十多岁的样子,穿一件灰不溜秋的白大褂。他打量老马一眼,示意他坐下,说:"别着急,详细说说过程吧,我好对症下药。"

一个已经五十多岁的老头子了,要自己亲口说出那些难以启齿的事,真像当众脱裤子一样难堪,老马吞吞吐吐了半天,才把那晚的过程给说了个大概,随后又急忙解释:"医生,我其实只是怀疑,不能肯定自己真有那档子事。"

医生盯着老马,淫邪地笑笑,说:"到了那种时候,能不做那种事么? 小姐都是'鸡',就是你不做,她们能不做吗? 艾滋病的传播途径多着哩,拉个手,亲个嘴,一双筷子合着用,都可能染上。你把裤子脱了,我检查一下。"

还真叫脱裤子? 老马的脸立刻涨成了猪肝色,紧抓着裤带不松手。他好歹也是个科长啊,怎么能把隐私亮给一个陌生人?

可是此刻,医生已经戴上了一双分不出颜色的手套,冲着老马说:"是病不背医,想活命,你就脱!"

谁不想活命? 老马当然想活命,可不让医生检查,怎么知道自己到底有病没病? 万般无奈之下,他只好把心一横,闭上眼睛,脱下裤子。

医生摆弄了一阵,对老马说:"你只接触过一次,问题还不大,碰上我这个神医,算你造化。放心吧,我包管给你治好。"说着,他把一瓶外敷药水和一包内服的草药包了包,递给老马,收了二百块钱。

医生说得很轻松,可老马听了医生这番话,却像当头挨了一棒,脑袋"轰"地一声涨大,两条腿也软了。他强自镇定,对自己说:"既然染上了病,那就抓紧治呗。"可走出旅社,看着手里的药,他心里又犯了愁:这草药拿到哪里去煎呢?若是别人问起为什么要吃药,自己又怎么解释?唉,真是一失足成千古恨啊!老马悔得直捶自己的头。

不过这么一捶,老马的脑子却清醒了:一个江湖医生,真能信他么?得到公家的医院里去确诊一下,那才算数呀。但是老马知道,本地医院是万万不能去的,小小一个县城,一旦被熟人碰上,肯定弄得满城风雨,自己今后还怎么做人?看来只有到省城医院去确诊,如果真得了那种病,那就索性一死了之,免得活在世上丢人现眼。

主意打定,老马就立刻去省城,打听男性病专科医院。一路上,他又害怕又着急,正晕晕乎乎地在路上走着,突然有个卖报姑娘在背后招呼他:"老伯,买份报纸吧!"

老马回过头,与那姑娘四目相对,两个人都一怔。原来,她竟就是小梦!

老马惊讶地问:"你……你不是去上海治病了吗?"

小梦莫名其妙:"我……我有什么病要到上海去治?我没病啊!"

老马说:"我是听酒店那个老板娘说的,说你得了……得了艾滋病。"

小梦一听愣住了:"她……哼,她这是故意这么说的,她自己才会得那种病呢!我就在省城上大学,放假回去想打工挣点钱,减轻家里的负担,可老板娘硬要我做那种事,我拒绝了,把那份工作也辞了。后来,我索性早点回学校,利用开学前的这段时间找了份卖报的活干。"

原来是这样！看着站在眼前的小梦,一身青春的朝气,哪有半点儿病态？老板娘这不是在糟蹋人家好姑娘吗？而那个江湖医生,分明是捉老马的冤大头,让他着实虚惊了一场。

老马终于长长地吁了口气。

小梦认真地看着老马,好心地说:"老伯,你是个好人,那地方,你可要少去。"

老马点点头,他在心里默默地对自己说:"五十几岁别学坏,今后就老老实实做人,过踏踏实实的日子吧。"

（曲范杰）

（题图:黄全昌）

生死之赌

　　虎背熊腰的胡庆有个嗜好，就是爱喝酒，每天下地回来必先到酒馆里去喝上一碗，十几年下来，家里人给他算笔账，起码二十亩地的钱被他喝掉了。

　　为这，老婆没少说他，他自己也觉得对不起这个家，可实在又管不住自己的嘴巴。

　　这天，胡庆又去酒馆，老板眨着眼睛问他："你到底有多大的酒量？"

　　胡庆朝老板翻翻白眼，说："你问我，我问谁？反正我从来没喝醉过，也没喝够过。"

　　老板立刻拍拍胡庆的肩，说："念你老兄十几年一直在我这儿喝酒，这是看得起我。这样吧，我给你个机会，你今天如果能够一口气喝上二十碗酒，然后走回家，路上不吐，也不让人扶，我就送你二十亩地。"

"此话当真？"胡庆一听有些激动，要真能把二十亩地赢回来，那对家里来说真是不得了的事啊。

"你说话算话？"胡庆问老板。

"那当然！"老板说，"不过你得想好了，你要醉死在路上，可不关我的事啊！"

酒馆里一帮喝酒的常客听到老板和胡庆这番对话，知道有好戏看了，立刻朝胡庆哄嚷起来："怕什么呀！不是都说你喝酒赛武松吗？武松才喝几碗哪，你就赌他一回，往后，你家里那个婆娘就再不敢对你唠叨啦！"

被那些人一怂恿，胡庆浑身的血气涌了上来，于是便对老板说："拿笔来，咱立个约，到时候谁也不反悔。"

老板立刻让伙计把纸和笔拿了来，还端来一只能盛二十碗酒的大盆。

其实，老板的心思不用琢磨大家也知道，老板家大业大，他不会太在乎这二十亩地，不过就是想借此机会给自己酒馆吆喝吆喝，以此招徕更多的酒客。

约一签，事情就这么定了下来，于是众人督阵，二十碗酒一碗接一碗地倒进了大盆。

只见胡庆站定在那里，深深吸了口气，然后端起盆子"咕噜咕噜"一气就喝下了大半盆酒，随后放下盆，松松裤腰带，又一气把盆里剩下的酒全喝下肚去。

酒馆外，消息早已传了出去，从酒馆到胡庆家那条不足百米的路上，站满了看热闹的人。就见胡庆从酒馆里出来，步子迈得很大，也很稳，路两旁的人不断地给他鼓掌加油，胡庆一边往家里走，一边得意地朝大家笑着，招呼着。

可渐渐地，他身子开始摇晃起来，步子也越迈越小。眼看就要走到家门口了，可他似乎已经走不动了，站在那里一阵摇晃，差点儿摔倒，人群里顿时响起阵阵惊呼。

此刻，胡庆只觉得浑身上下像火烧一样，好像有无数把铁锤在用力敲自己的脑袋，两条腿像有千斤重，每走一步都要用尽浑身的力气。幸好他大脑还有点意识，他对自己说："撑住，二十亩地哪，我一定要撑住！"他拼尽全身力气，一步一步艰难地朝前挪，终于摇摇晃晃地挪到家门口，眼前一黑，身子就往前倒了下去。

胡庆的身后，立刻响起一片喝彩声，可苦的是胡庆的家人，早已有人把胡庆和酒馆老板赌酒的事儿告诉了他们。老婆急得直跺脚："这个死老头子，什么事情不好做，偏要这么赌？人要没了命，地再多有什么用？"她叫儿子赶快上街去买嫩豆腐，又让儿媳去找块大毛巾，把它浸在冷水里。

刚把这些事儿安排好，就见胡庆一头跌进门来，老婆急忙扒下胡庆的上衣，让儿子把嫩豆腐贴在他背上，但见这些嫩豆腐竟像被放进油锅里煎了一样，在胡庆背上翻卷起来。老婆和儿子急忙又把胡庆翻过身来，把剩下的嫩豆腐贴在他前胸上，也一样翻卷起来。

与此同时，老婆又叫儿媳把浸透了冷水的大毛巾拿来，把胡庆的头裹住。很快，大毛巾就像是被放在蒸笼里蒸过似的，冒出缕缕热气，不一会儿冷毛巾就变成了热毛巾；再换，仍是一样。

如此这样，换过三次之后，老婆和儿子、儿媳一起，又把胡庆抬到家门前一条三四指深的小水沟里，让他躺在那儿。

这时候，胡庆身上虽然不再热得烫手，但浑身没有一点知觉，鼻子里只有微弱的呼吸，老婆赶紧又让儿子去叫来附近一个乡医，乡医也拿不出什么好办法，说只有看胡庆自己造化了。

一家人只有干着急，只好耐心等着。

一连三天过去了，什么动静也没有，胡庆依然是浑身上下没有一点知觉,鼻子里依然只有微弱的呼吸,一家人伤心不已,心想着只有准备后事了。

可谁知到了第四天,胡庆却奇迹般的睁开了眼睛,还让儿子把自己扶起来;又过了三天,他居然能够在院子里走动;不久之后,就能够下地干活了。

对已经过去了的这场生死之赌,哪怕是一丁点儿的细节,胡庆一点都想不起来了,只是从此以后,他滴酒不沾,完全像变了个人似的。

（吴春芳）

（题图:黄全昌）

拼死吃河豚

朱大量搞了一个养殖场，生意做得不错，最近打算再搞一个，于是就写了一份用地申请报告，请镇长审批。

镇长姓燕，镇上人都叫他"雁拔毛"，朱大量深知燕镇长脾性，为了求他快点把报告批了，便在报告里夹了一千块钱。

没料燕镇长这回不拔毛了，他收下报告，却把钱退还给了朱大量，还把他狠批了一顿。

末了，燕镇长问朱大量："再建一个养殖场，销路怎么样？"

朱大量说："销路不成问题，我已经跟南方江城两家大酒店谈妥了合作意向。"

燕镇长"哦"了一声，想了想，说："光有合作意向不行，得到实地去看过。这样，你安排一下，过两天，我抽几个人陪你一起去跑一趟。"

绕了半天弯子，原来船在这儿搁着！

三天后，由燕镇长亲自组团的考察小组，一行五个人，坐上朱大量的"依维柯"出发了。这五个人中，除了朱大量和燕镇长，剩下三个，一个是镇办公室主任刘黄，一个是镇机关新来的宣传干事丽丽，还有一个是秘书小鸯。

刘主任把两个小姑娘丽丽和小鸯介绍给朱大量，可朱大量一眼就看穿了：什么干事、秘书，分明就是燕镇长和刘主任的情人。

朱大量猜得不差，那个叫丽丽的小姑娘，确实就是燕镇长包养的"二奶"。燕镇长在县城里给丽丽租了一套房，可这十八九岁的金丝雀在笼子里被关腻了，老是催燕镇长带她出去玩玩。燕镇长何尝不想潇洒？可他是一镇之长，外出要有正当理由，开销要有人替他埋单，少了这两条是潇洒不起来的。所以这一次朱大量求上门来正好，借着帮助私营企业考察市场的机会把丽丽带出去，理由冠冕堂皇，埋单的人也有，岂不正中下怀？

但是燕镇长考虑，光带丽丽一个人去目标太大，他脑子一转，决定把心腹刘黄也带上，还示意他也再带上一个。刘黄当然对燕镇长的话心领神会，于是就邀了一个叫小鸯的小姐同去，充当他的秘书。

两个小姑娘一上车，就千娇百媚地在燕镇长和刘主任面前撒起娇来。朱大量知道自己看透不能说透，所以就故意装糊涂，只当没看见，只管专心开自己的车。

车到江城已经是下午五点了，在一家星级宾馆安顿下来之后，也就到了吃晚饭的时间。朱大量本想安排燕镇长一行在宾馆就餐，谁知丽丽突然异想天开地说想吃河豚，偏偏宾馆里没有这道菜，燕镇长笑着对朱大量说："丽丽同志难得出来一次，咱们就满足她一下吧！"

朱大量猜想河豚肯定价格不菲，就有些心疼。他是百万富翁不假，可一分一厘都来之不易啊！他心里挺不情愿，但嘴上又不好意思回绝，只能试探着说："河豚是国家规定的禁食鱼类，怕不好找吧？"

想不到刘主任来过南方几次，对这里的行情了如指掌，赶紧给燕镇长献殷勤，说市中心大街上就有卖河豚的餐馆，而且还不止一家。

这就把朱大量逼到了墙角，不答应也得答应，他只好咬咬牙充大方，对燕镇长说："走，只要街上有，咱就去吃。"

五个人于是重新上车，一路问去，终于七拐八弯地找到一家野味餐馆。

进去刚坐定，服务生就递上一本菜谱。丽丽抢过一看，叫一声"哇塞"，指着上面一道菜说："我只点这个！我就要吃河豚！"

河豚自然成了主打菜，可其他的也不能将就啊，朱大量硬着头皮又点了一大堆生猛海鲜。

酒菜上齐后，那一钵河豚鱼果然散发出诱人的香味，这五个人以前谁也没领略过这玩意儿，于是就争先恐后地把筷子伸了过去。朱大量更是一句话不说，只管埋头吃，他心说："哼，光这河豚就八百多块，不吃白不吃！"

朱大量正吃得起劲，突然手一抖筷子掉到了地上，"扑通"一声人也滑溜到桌子底下去了，四肢抽搐，口吐白沫。

另外四个人一看吓坏了，"呼"地站起身来。

燕镇长紧张地问刘主任："怎么回事？"

刘主任一拍脑门说："糟了，古书上记载，河豚有毒，如果处理不当，吃了就会中毒。会不会是中毒了？"

"啊！"丽丽一听，吓得一头扑进燕镇长的怀里。小鸳则紧紧抱住了刘主任的腰，惊问道，"我们会中毒吗？我们真的要死了吗？"

　　燕镇长的脸色也不对了，刘主任一看，赶紧说："不过古书上也记载了一种解毒的药。"

　　燕镇长就催刘主任："都什么时候了，还卖关子！快说，什么解毒药？"

　　刘主任极不情愿地说了两个字："人尿。"

　　"人尿？"两个小姑娘立刻大呼小叫起来，"这怎么喝得下去呀？"

　　丽丽把头摇得像拨浪鼓："不喝，我不喝！"

　　燕镇长的脸拉长了，他心想：如果这回因为这个事情中毒而亡命他乡，传回去像什么话？他立刻拿出领导的威严，果断地一挥手，说："喝！在毒性没有发作之前，每一个人都必须喝！赶快喝！"

　　领导的话就是命令，两个小姑娘只得闭了嘴。

　　找人尿的差事自然由刘主任去办，谁叫他是办公室主任呢！只是，喝人尿毕竟不是一件光彩的事，刘主任不好惊动店家，只好自己动手，拿了啤酒杯悄悄去厕所灌了一杯来。

　　燕镇长毕竟是领导，关键时刻就起到了示范带头作用，他率先接过杯子，"咕噜"一声喝了一大口，刘主任紧随其后，也依样画葫芦地喝了一口。那两个小姑娘当然知道保命要紧，虽然一个黛眉紧锁，一个嘴巴嘟起，不过最后也都捏着鼻子把这玩意儿喝了下去。

　　这时候，朱大量还在地上躺着，刘主任问燕镇长："朱老板怎么办？"

　　燕镇长说："他中毒挺深，咱们得救他，你再去弄点儿来，给他多灌点下……"

　　燕镇长话还没说完呢，谁知朱大量竟醒了过来，他慢慢坐起身，揉揉眼睛，看着大家，问道："你们怎么都站着？快，快坐下吃呀！"

刘主任吃不准朱大量到底是怎么回事,便赶紧把刚才他们几个已经喝了解毒药的事说给朱大量听,末了还说:"我去给你弄些来吧,看来这土方子有用。你看,我们几个喝了,现在不是都没事了吗?"

可是朱大量却朝刘主任摇摇手,说:"我中什么毒呀!不瞒你们说,我小时候有个癫痫的毛病,时不时地犯一回,后来有了钱,总算把这个病治好了,这十多年一直都没再犯过。可谁知……谁知刚才点菜的时候,我看光一道河豚就得八百多块钱,我……哎呀,真不好意思,我心里又着急又心疼,一不争气,这老毛病就又犯了。"

原来是这么回事!

可这顿饭现在谁还吃得下去呀,一想起刚才喝下去的那玩意儿,这几个人个个肚子里翻江倒海,狂吐不止。

刘主任一边吐,一边骂骂咧咧:"什么河……河豚,这不花钱的玩意儿,好吃难消化呀!"

也许是这一句话触动了燕镇长,从那以后,他再也不敢雁过拔毛了。

(曲凡杰)

(题图:黄全昌)

三　缺　一

南城有个赌鬼，名叫金满屯，平时打麻将一定要打到手抽筋，喝酒一定要喝到腿发抖，醉了之后就直犯晕，所以得了个外号"筋斗云"。

这天晚上，筋斗云和朋友喝酒散场后，自己东倒西歪地摸到了店门外，醉眼蒙眬地看见树影下刚好有辆出租车停在那里，车门上写着每公里1.10元，便摇摇晃晃地走过去，打开车门，一屁股坐在司机旁边的那个座上，说："师……师傅，清河……清河路……路32号。"

司机一看他这副醉态，皱皱眉，说："先生，已经停止运营了。"

筋斗云不高兴了，冲着司机大吼："胡说，你……你想拒载……载吗？我叫你……叫你开你……你就开！"筋斗云嘴上结结巴巴，可他心里还清楚，猜想一定是司机怕他在车上吐，于是"啪"把钱包拍在仪表盘上，"我给你……钱……翻……翻倍……倍的钱，那边就……马上要……就三缺一……三缺一了……我……等着我……呢！"

司机一听，爽快地说："好嘞！那咱这就走！"一边说，一边就把车发动起来。

没一会儿，车开到了地方，司机要扶筋斗云上楼，筋斗云酒劲上涌，正是头重脚轻的时候，于是就朝他点点头，算是答应了。

两人上楼来到一户人家门前，敲开门后，筋斗云朝里面人嚷嚷："快给……给……给车钱……师傅车钱，人家车……在……车在下面……下面呢！"

司机没急着接钱，看看客厅麻将桌上成叠的赌资和那几个赌客，对筋斗云说："看你们玩，我也手痒，我车里有几件宝贝，你们跟我一起去拿吧！"

说着，司机从口袋里掏出一个小本本，翻开之后向那几个赌客一亮，那几个人立刻两眼发了直。

筋斗云仍是醉眼惺忪，根本没搞清那小本本到底是个什么东西，看到其他人都往门外走，便也跌跌撞撞地跟了上去。

一行人下楼走到司机车前，司机打开车后备箱，捧出一堆亮闪闪的东西，每人分了一个，给他们戴上。

剩下最后一个，他走到筋斗云跟前，说："你的手老是抖，还是我替你戴上吧！"

筋斗云眯起醉眼一看，叫道："嘿，金镯子？还挺有分量嘛！"可是戴上后动动手腕，感觉不对：怎么两个镯子之间还有链子呀？再细一辨认：啊，是手铐？

这一吓，筋斗云的酒醒了一大半，这回看清楚了：没错，真是手铐啊！

这是怎么回事？

筋斗云猛抬头，发现那几个赌友正对他横眉立目呢。再转身看司机，方才明白司机的那辆车哪里是什么出租车，车身上明明印着"110"三个大字。嗨，怪只怪自己当时犯了酒晕，把这三个字当成每公里1.10元了。

原来，司机刚才在楼上拿出的小本本，其实是他的工作证，难怪那几个赌友见了立刻服服帖帖地跟着下楼，只有筋斗云迷迷糊糊地犯着晕，还傻乎乎地把手铐当成了金镯子。

这一回，筋斗云是翻进局子里去了。也真难为他了，能把警车当"轿的"，敢把"便衣"当司机，手铐当成手镯戴。

从此，他再不敢说"三缺一"了。

（铁　流　改编）

（题图：李　加）

潇洒醉一回

　　阿皮不嫖不赌不抽烟,就是恋一口小酒儿,高兴时举杯畅饮,烦恼时借酒浇愁,平常日子里更是变着法子找借口喝。

　　阿皮有喝酒的天赋,从穿开裆裤时就跟着他老子沾酒,一直喝到长成个五尺大汉,什么钻桌子就地倒或者哭闹打人耍酒疯的事儿,愣是从没在他身上发生过。他说要创终生不醉的吉尼斯纪录,他老婆小兰撇撇嘴说他吹牛,他急得赌天赌地地跟小兰打手击掌,说如果哪天真要喝醉了,立马就戒酒。

　　这天中午,阿皮邀矿上几个哥们到家里来小聚,小兰觉得拿阿皮平时喝的小烧待客不成敬意,就特地到街口新开的烟酒店去买了几瓶酒来。

　　老婆这么给面子,阿皮心里别提有多高兴了,于是和哥们喝酒时就不由多贪了几杯,待弟兄们东倒西歪散去后,他心满意足地一头栽倒在床上了。

这一睡阿皮可就睡过了头,睁开眼睛一看,发现天已经全黑透了,他心说:"坏啦!"慌慌张张从床上跳起来,急匆匆就往矿上赶,结果还是误了接班的钟点儿。

阿皮想偷偷随车下井,谁知矿主刘黑金偏偏就在这个时候出现了,阴着丧门脸,扯着公鸭嗓儿,朝阿皮喝道:"你给我站住!随便误工,影响生产,你被解雇了,该上哪凉快上哪凉快去吧!"

阿皮一听急了,赶紧认错:"刘老板,我错了,我认罚。看在我是头一次误点的份上,您就高抬贵手吧!"

可刘黑金却鼻子一哼,阴阳怪气地说:"认罚?可以,就罚你给我在矿上白干一年。"

阿皮一听,这哪是人话呀?当即脾气就上来了:"刘老板,有你这么罚的么?凭什么我要给你白干一年?"

刘黑金蛮横道:"凭什么?就凭这矿是本大爷的。我的话就是章程,我让谁咋样谁就得给我咋样!"

阿皮哪里忍得下这口气?一甩头上的安全帽,怒喝一声:"我不伺候你总可以吧?你把欠我的工钱给我,我立刻走人!"

矿上已经四个月没给工人开工资了,可此刻刘黑金却蛤蟆眼一瞪,说:"谁欠你钱啦,你小子想讹人是不是?你给我滚!"

看着刘黑金这副无赖相,阿皮气得照准刘黑金的脸就是一拳"冲天炮",把他打出去好几米远,摔了个四脚朝天:"哼,你这个昧良心的家伙,就当我的工钱给你当药费了!"

就在这时,阿皮突然听到身后传来一阵大呼小叫,他回头一看,是刘黑金手下的一帮打手闻讯赶来了。阿皮想:双拳难敌四手,好虎架不住群狼,我不能吃这眼前亏呀!于是赶紧躬身往岔道上躲。黑灯瞎火的,阿皮慌不择路,刚跑了几步就"扑通"跌进一个深坑,他索性就势趴在那里,总算躲过了那伙人的追杀。

阿皮喘过气来后，突然觉得额头上有些黏糊糊的，用手一摸，这才发现都是血，想必是刚才跌破的。被刘黑金炒了鱿鱼，讹了工钱，还受了如此大伤，阿皮心里真是气不打一处来！他升井后来到街上，先找个小诊所把额头的伤口处理了，然后找了一家小吃店，要了一斤小烧，一杯接着一杯地喝开了闷酒，直喝到人家店家要关门了，才摇摇晃晃地往家走。

一肚子的酒精，满脑袋的心事，阿皮迷迷糊糊地一路摇晃着走啊走，猛抬头，发现自己怎么竟走进了一条陌生的胡同？他不由懊丧地啐一口，再往回走。可谁知走啊走，走来走去又走回到这条胡同里来了。"邪门儿，今天八成是碰上鬼打墙了！"如此再三，阿皮这才惊讶地发现自己今晚糊涂了。于是，他索性不走了，靠墙站下，拿出一支烟叼在嘴里，掏出打火机来点火。

可今晚也真是奇了，阿皮"啪啪啪"一连打了三次火，都没能把烟点成，火刚送到嘴边就灭，他气得只好把打火机拿在手里甩了又甩，准备再打。就在这时，突然有一只手从后面伸过来，轻轻拍了拍他的肩膀。阿皮吓坏了，不由打了个寒战，跳开一步回头看去，只见一个帽檐压眉、衣领挡脸、戴着墨镜的人，不知啥时候已经朝他贴了上来。

"墨镜"把手里提的一个密码箱举起来，在阿皮眼前晃了晃，压低声音说："钱我带来了。货呢？货在哪儿？"

阿皮被搞得一头雾水：真是碰到鬼了！

阿皮刚要开口问个究竟，突然，不知从什么地方又冒出几个人来，一下子把他和墨镜两个人都扑倒在地上。阿皮只觉得肩膀一阵痛，两只胳膊被扭到了背后，手腕被一副铐子牢牢地套上了，接着人就被塞进车里，一阵风拉到了一个去处。

下了车，阿皮仔细一看，认出这不是自家附近的派出所吗？警察也认得他："嚯！阿皮，看不出来啊，你平时挺老实的，怎么竟然参与贩毒？真是人不可貌相啊！"

阿皮明白了：敢情那墨镜是个毒贩，自己被当作他的同伙了。于是赶紧申辩："同志，你们误会了，我不是他们同伙呀！"

"笑话！"警察说，"不是同伙，你怎么知道他们接头暗号的？而且你身上怎么会有接头标记的？"

"什么接头暗号？我身上有什么标记？我自己怎么不知道？"阿皮脑袋里一盆糨糊。

可警察却以为阿皮这是在故意抵赖，口气更加严厉了："阿皮，你装什么傻？我们早就掌握情报了。你们的接头暗号是打火机亮三下，接头人头上贴一块纱布作为标记。哼，我劝你还是及早坦白，争取主动的好。"

阿皮一听，急得捶胸顿足，一个劲地喊："冤枉啊冤枉，你们不要冤枉好人！什么暗号啦、标记啦，我可一点儿不知道啊！"

后来，警察经过核实，终于确认阿皮说的是真话，这才把他放了。并且，鉴于阿皮事实上帮助警方引出了接头的毒贩，缴获了大批毒品，所以警察除了口头感谢阿皮，还专门派车送他回家。

阿皮本来心情有些懊丧，这么一来，他反倒觉得自己今晚的酒没白喝，别的不说，能跟警方合作一把，这机会多难得呀！虽然现在酒劲儿过了，可他浑身还是有些飘飘然，觉得自己挺像个英雄，这酒喝得太值啦！

这一番折腾，阿皮到家时天就亮了，奇怪的是他家房门紧锁，小兰不知去向。阿皮到邻居家打听，邻居大娘一见到他，竟"啊"一声惊叫起来："阿皮，你到底是人是鬼啊？"

阿皮吓了一跳："我好好一个大活人，怎么变成鬼了呢？"

邻居大娘说："阿皮，你知道吗，矿上出大事了，你们那个班儿的人全埋在井里头了，矿主也跑了，家属们都到矿上去了，你是怎么逃出来的？"

阿皮一听，吓得脸都白了，也顾不上跟大娘解释，忙求警察开车送自己到矿上去。

可就在这时候，阿皮突然见邻居们抬着他老婆小兰哭哭啼啼地来了。原来小兰是因为到矿上后伤心过度而昏厥过去的，好心的邻居们硬是拖她回来休息，没想现在竟看到阿皮就站在眼前。

小兰简直不敢相信自己的眼睛，待警察把前后事情一说，她"腾"地从担架上蹦下来，惊喜地抱住阿皮就是一通狂啃。

当晚，小兰弄俩菜，还说要整点儿酒给阿皮压压惊。

阿皮煞有介事地摆手说："我有言在先，喝醉一次就戒酒的。"

小兰说："今天例外，过了今天再戒不晚。"

阿皮当然乐得如此，于是就说："行，这话是你说的哟！那我去拿小烧。"

小兰伸手拦住阿皮，说："咱今天不喝这个！"

阿皮一愣："那喝啥？"

小兰说："你等着，我去买瓶酒来，就买你们昨天哥几个喝的那种。那酒吉利啊！"

小兰兴冲冲地去买酒，没想一会儿却两手空空地回来了，对阿皮说："咱还是喝小烧吧！"

阿皮奇怪地看着她，问："怎么，你反悔了？"

小兰说："别提了，那家小店卖的全是假酒。这不，刚才让工商局给查封了。"

阿皮一听愣住了，说："你看这事儿给闹的！弄半天，咱昨天当好东西招待哥们的，竟是假酒？我说嘛，不然怎么能把百喝不醉的我轻易给麻翻哪！"

说到这里，阿皮得意极了。

（李清林）

（题图：李　加）

植物人醒来

　　许宁是个三十来岁的年轻人，啥都好，就一点：见了酒敢不要命地喝。

　　这回，许宁跟几个朋友又喝了个酩酊大醉，他从来没有醉得这么厉害过，迷迷糊糊的自己也不知睡了多久，等睁开眼睛时，眼前的一切让他大吃一惊：这是哪儿呀，房间低矮狭小不说，还有一股霉味，到处积着灰，墙角挂着蜘蛛网，一位头发花白的女人正坐在他床边打盹。许宁觉得这女人很像自己的老婆钟芸，但她不可能是钟芸，因为她的头发已经全白了，额头上布满了密密麻麻的皱纹，而自己的老婆钟芸才三十岁呀！

　　许宁挣扎着坐起来，想倒点水喝，不想把坐在床边的白发女人惊醒了，白发女人一个激灵站起来，惊喜地喊道："爸爸，你醒啦？太好了！"

许宁猛地一愣："你喊我什么？你是谁？"

白发女人说："爸爸，我是你女儿小玲啊，你连我也不认得了吗？"

"小玲？你怎么是小玲？不可能！我的女儿小玲才五岁，怎么可能这么老了呢？"

小玲哭着说："爸爸，你说的是二十五年前的事，我现在已经三十岁了。"

小玲告诉许宁说："爸爸，二十五年前的那天，你和几个叔叔一起喝酒，你一口气喝下三斤白酒，结果因为深度酒精中毒而昏迷不醒，成了植物人。妈妈急得没办法，为了筹钱给你治疗，她只好把房子卖了，带着我搬到这间低矮破旧的小房子里，还把工作也辞了，整整服侍了你二十三年。直到两年前，妈妈实在撑不下去了，才一狠心出家去做了尼姑。可是临走前，妈妈还不忘叮嘱我，一定要看护好你……"

小玲这席话，把许宁听得眼泪直流。

许宁又问小玲，爷爷奶奶在哪里。小玲说，两位老人早就不在了，因为许宁不争气，他们走的时候都不肯闭眼。

许宁一听，伤心得号啕大哭，又问小玲："你才三十岁，怎么就成这样了？结婚了吗？"

小玲被许宁这一问，忍不住掉下泪来，告诉许宁说，因为家里穷，她后来连大学也没上，很早就工作了，白天上班，晚上回来照顾许宁，加上工资也不高，三天两头地愁这愁那，如此操劳，哪有不老之理。至于婚姻，她更是连想都不敢想，谁敢娶她这个身无分文、还带着植物人爸爸的老姑娘呀？

小玲这番话，让许宁悔得简直要吐血。他想想自己真是该死，就因为爱喝酒，误了家里多少事啊！老婆钟芸为了劝他戒酒不知费了多少口舌，可他当时就是鬼迷心窍，把酒看得比父母妻儿还重。

想到这里,许宁真是心如刀绞。他问小玲:"我这么对不起你们,又成了一个毫无知觉的木头人,值得你们这样守候吗? 你为什么不把我扔下,却要牺牲自己的一切?"

小玲一听许宁这么问,眼泪又下来了,说:"爸爸,我小时候也问过妈妈这个问题。妈妈对我说,你一定能醒过来的。妈妈说,你做了那么多错事,就这样不声不响地走,连个错都不认,阎王爷也不会答应的。妈妈的话我一直记在心里,这两年她坚持不住,放弃了,可我还要坚持,我相信你一定会醒过来。"

说着,小玲拿出两瓶酒,对许宁说:"爸爸,这是我这么多年来把一分一分省下来的钱攒起来替你买的,一直为你准备着,现在你终于醒过来了,如果还想喝,你就喝了它吧。我要去找妈妈了,爸爸,以后你就自己多保重吧!"

小玲说完就要走,许宁急得一把拉住她,抓起这两瓶酒就往地上摔,说:"小玲,你不能走,留下吧,爸爸……我一定会让你看到一个真正活过来的爸爸!"他一边说,一边抱着小玲失声痛哭。

哭了一阵,许宁又对小玲说:"快告诉爸爸,你爷爷奶奶现在在哪儿安息,我想去看看他们。"

小玲看着许宁,为难地说:"爸爸,不是我不想告诉你……"

许宁突然像明白了什么,伤心地叹了一声:"唉,是我伤透他们的心了。"

许宁发誓,再也不跟以前那帮酒友在一起了。为了彻底重新做人,他和小玲去了另外一座小城,许宁在一家安装公司找到一个水电安装的活儿,他干得非常卖力。

有一次单位聚餐,同事们在许宁跟前摆上酒杯,让他也一起喝点。许宁说自己滴酒不沾,从来不喝酒,大伙儿吆五喝六的时候,他就在旁边闷声不响地喝茶水。

散席回家时,一位工友突然发现许宁眼睛红红的,走路一瘸一拐,忙问他怎么回事,他摇摇头,不吭一声。回到家里,他把自己关进房间,咬着牙,拔出了一根扎在大腿上的钢针。原来,许宁这段时间没酒喝,心里馋得慌,好几次控制不住想要去买酒过瘾,但一想到已经去世的父母,想到已经出家了的老婆钟芸,想到始终陪伴在自己身边的女儿小玲,他心里就觉得针扎一样的刺痛,肚子里的酒虫立刻就跑得无影无踪了。这次聚餐,许宁知道肯定得喝酒,他本想躲着不去,可再一想:这世界到处是酒,自己如何躲得开?不如直接面对,最终战胜自己。于是,他便揣了根钢针在身上,当桌上酒香四溢时,他看上去好像在一旁正襟危坐,其实却在桌底下将钢针狠狠往自己大腿上扎。

小玲不久也在这个小城找到了工作,看到许宁果真和以前醉酒时判若两人,她心里可高兴了,精神也一天天好起来,人也越来越年轻。不过,她还是不肯告诉许宁爷爷奶奶的安息之处,也不肯说出妈妈到底在哪儿出家,这让许宁心里十分焦躁不安。

这天傍晚,小玲下班回家,看见许宁正沉着脸往外赶一个漂亮女人,忙问是怎么回事。许宁说,这女人的前夫是个酒鬼,她被男人害惨了,离婚后发誓找一个滴酒不沾的男人,后来听说了许宁的事,认为许宁这是浪子回头金不换,就找上门来,非要嫁许宁不可。

小玲一听,说:"爸爸,反正妈妈已经离开你了,你再娶一个比你小二十多岁的媳妇,也挺好呀!"

许宁可生气了:"小玲,你这叫什么话?我现在唯一想的就是你妈,她为我受了那么多苦,我实在对不起她,我一定要让她看到我现在的样子,请她原谅。"

小玲泪光盈盈地看着许宁,默默无语。

日子过得真快,一晃大半年过去,马上就要迎来新一年元旦了。

这天晚饭时,小玲做了几个菜,买回一瓶酒,她郑重地给许宁倒了一杯，说："爸爸，这大半年你都没有喝过一口酒，今天庆祝元旦，你就喝一点吧！"

许宁笑着说："乖女儿，你就别试探爸爸了，我现在一看到酒就头疼，真的，你就是逼着我，我也喝不下了。"

小玲问许宁："爸爸，那……今天你还想妈妈吗？她扔下你走了，你难道一点不恨她？"

许宁感慨地摇摇头，说："小玲，我怎么会恨你妈呢？过去都是我不好，让你妈伤透了心。唉，我现在多么希望她能当面狠狠地打我、骂我一顿啊！"

小玲看着许宁，眨眨眼睛笑了，说："爸爸，这话是你说的？那好，我现在就带你去见她，好不好？"

许宁以为小玲在开玩笑，说："天都黑了，你带我上哪儿去见你妈？"

小玲从凳子上跳了起来，一把拉过许宁的手，说："走！爸爸，你跟我走就是了。"

"什么？你……"许宁的心顿时"怦怦怦"地狂跳起来，他跟着小玲下楼，跳上了一辆出租车。

让许宁万万想不到的是，出租车居然开回他们以前住的城里，在他们原先住的那幢楼门前停了下来。

站在那熟悉的房门前，许宁又惊讶又激动，他强压着狂跳的心问："小玲，是你……你又把这房子买回来了？"

小玲笑而不答，掏出钥匙打开房门，把许宁拉了进去。

许宁一进门，迎面扑过来一个五六岁的小女孩，喊着："爸爸！爸爸！"一头扎进了他的怀里。

许宁愣住了："你是谁呀？"

小女孩说："你是我爸爸，我当然是小玲呀！"

许宁头一下就晕了：怎么又冒出个小玲来？可定睛再看，眼前这小女孩的确就是自己当年的女儿小玲呀！

许宁不禁回头去看那个带他来的小玲,却发现她已经没了人影。他觉得太奇怪了,不禁自言自语道:"那她又是谁呢?"

谁知小女孩拉着许宁的手说:"爸爸,她是我妈妈呀!"

就在这时候,从旁边房间里走出一个年轻的女人来,看着许宁乐呵呵地说:"怎么,连孩子的话都不相信?傻样!我喊了你大半年的'爸爸',真是亏大了!"

许宁细一瞧,这个年轻的女人不就是刚才带他来的小玲吗?可现在,她那一头白发已经变得又黑又亮,脸上的皱纹也不见了。

许宁一想,顿时恍然大悟,惊叫起来:"你……钟芸,你……原来你是故意化装的!"顿了顿,他又叹息着说,"唉,以前都是我不好,是我对不起这个家啊……"

许宁正说着,小女孩拍着手朝他大叫起来:"爸爸,快看!"

钟芸笑着对许宁指指他身后,许宁转身一看,他的父母正站在门口,笑眯眯地看着他。

"爸——妈——"许宁浑身战栗,扑上去抱着两位老人,止不住的泪水"哗哗"直流……

(刘彦波)

(题图:魏忠善)

桌 上 江 湖

饭桌上的江湖,也有惊心动魄的刀光剑影。一朝失足,认栽还是认罚?

名 厨

话说早年间，有一位知府，姓董名少卿。董少卿不贪财，不好色，唯独一个嗜好，就是酷爱美食。不管哪个饭庄酒楼，只要出了新菜，无论多少银两，他都要去品尝一番。

董少卿自己府里也有一个厨师，名叫贺满堂，擅长药膳养生之道，手艺绝佳。

这天，本地一个名叫鲁升的富商来拜访董少卿。鲁升平日与董少卿并没有多少深交，只是因为汛期修筑河堤，他捐了不少银两，为董少卿解了燃眉之急，所以今日登门来访，董少卿便吩咐贺满堂精心准备。

说话间，饭菜上齐，八菜一汤，四荤四素，四凉四热，色香味俱佳，董少卿便请鲁升入席。

菜过五味，董少卿指指中间那盆热气腾腾的汤，给鲁升介绍说："此汤名谓五神汤，用的原料是荆芥、鲜茶、苏叶、生姜和红糖。现在正值隆冬时节，此汤虽不华贵，却可解毒散寒，鲁兄请尝尝。"

丫环随即舀了一碗放到鲁升面前，鲁升轻轻呷一口，赞叹道："厨师的手艺甚是了得，果然名不虚传啊！不过……"他突然话锋一转，欲言又止。

董少卿好奇地问："不过什么？但讲无妨。"

鲁升拱拱手道："这桌菜肴好是好，不过过于平和，少了新、奇、烈三味儿，还称不上极品啊。"

董少卿一听，立刻来了兴趣："哦？何谓新、奇、烈三味儿？"

鲁升摆摆手，说："大人，具体我说不出道道来，不过我家新来的厨子精通此道，尝过他的菜便知个中意境。如果大人有兴趣，明天我不妨带他来府上露一手，如何？"

董少卿一听，当下点头称好。

第二天，鲁升果然带着他的厨子来了，随行还有两架驴车，三五个随从，车上也不知装的啥，用布蒙着，如小山一般高。

鲁升给董少卿介绍说，他带来的厨子名叫罗开城，随后就让罗厨师借用董府厨房开始做菜。

半个时辰后，罗厨师做出了三道菜，可端上桌后，董少卿一看都是普通菜式，并没有什么新奇可言，不免有些失望。

但第四道菜，就不一般了。只见罗厨师走到院子里，吆喝伙计将两架驴车上蒙的布掀了，董少卿定睛一看，车上装的竟是鸟笼子，清一色的百灵，足有上百只。

罗厨师让随从逐一打开笼子，抓出百灵，捏住它们的嘴，用锋利的小刀将舌头生生割下，取其舌尖放入盘中，然后他自己亲手加料烹饪。董府上下所有的人看到此景，都惊得唏嘘不已。

此道菜上桌，鲁升给董少卿介绍说："大人，这就是罗厨师的拿手绝活，名曰'百鸟争鸣'。因为百灵善鸣，舌尖乃其精华，百灵未死，菜已出勺，夺天下第一鲜也！"

说着，鲁升又让他的随从端上一壶酒来，打开壶盖，立刻香飘满座。鲁升斟了满满一大杯，捧到董少卿面前说："大人，此等菜肴，需好酒佐之，才更有味道。我这酒壶里装的，可是百年老酒啊！"

董少卿虽爱美食，却很少动酒，但今天一看鲁升拿出百年老酒，就忍不住开了戒。他饮一口酒，夹一片舌头放入嘴中，细细品味一番，禁不住直点头："妙，实在是妙啊！此菜真是应了新、奇二字，可这烈……"

此话刚出，忽听堂外传来驴子的蛮叫声，众人出去一看，个个傻了眼。

只见那拉货的驴子已经被固定在了院落当中，旁边架起一口大锅，里面是烧沸了的汤水，罗厨师挽起袖子，手持一把快刀，迅速将驴子的脊背划开，用纯熟的刀法将驴的里脊肉剔出，驴子顿时发出一声惨叫。

众人无不看得心惊肉跳，几个丫环吓得捂起了眼睛。

董少卿也是第一次见到这种血腥的场面，但他还是拼命稳住神盯着看。只见罗厨师将驴子鲜红的里脊肉剔出后，并没有割下，而是将其挑起，然后让随从将老汤浇在上面，等把鲜血滤净后，换了新汤再浇，直到将驴肉浇熟，才将其割下，改刀入汤，装碗上桌。罗厨师做这道菜的工序是一气呵成的，可看那驴子的惨状真是苦不堪言，简直让人目不忍睹。

董少卿虽然也觉得残忍，但抵不住美味的诱惑，吃了驴肉，尝了鲜汤，一拍桌子道："好一盆烈汤，真乃鲜香无比。罗师傅果然不俗！"

这一切，董府的厨师贺满堂都看在眼里，他眉头紧锁，走到董少卿身边说："大人，罗师傅的'百鸟争鸣'实在是名不副实，百灵被割了舌头,还如何争鸣?活浇驴肉的做法更是残忍无比,乃厨师之大忌,还望大人明断。"

可鲁升却在一边打哈哈:"贺厨师言重了。'百鸟争鸣'只不过是个菜名,取其喜庆之意罢了;活浇驴肉的做法虽有些不仁,但唯如此才能尝到最鲜美的味道。再说了,畜生本就是随人而来,现在为人所用,又有何不妥呢?"

董少卿一听,微微点头道:"是啊,今天罗厨师的手艺可是让我大开了眼界,一饱口福啊!"

鲁升立刻不失时机地讨好:"大人若是喜欢,我可让罗厨师留下,天天为大人烹制美味。"

罗厨师也赶紧跪道:"承蒙大人看得起,小的愿意终生服侍大人!"

董少卿一听,正中下怀:"罗厨师愿意留下,我正求之不得。不过,我这是夺了鲁兄之美啊……"

贺满堂在旁闻听此言,急忙跪道:"大人,罗师傅的菜肴属旁门左道,他若留下,对大人不利,我也不便继续留在府中。望大人三思。"

董少卿听贺满堂如此说,不禁将脸沉了下来:"你们两人的厨艺各有所长,你怎么好说他是旁门左道?莫非是你嫌我府小,容不下两位大厨?那也好,你好自为之,去留听便吧!"说完,一甩袖子便走。

众人于是陆续散了,屋里只留下贺满堂跪在那里发愣。话已说出,无法收回,贺满堂当即收拾行囊,出了董府大门。

不过,贺满堂虽然离开了董府,但并没有出城,而是用自己平时的积蓄,在城门口开了家小酒楼,主营药膳。由于经营有方,酒楼人缘越来越旺,生意越做越好。

这一日,贺满堂上早市采买,碰见昔日在董府共事的一个伙计,两人聊了一会,贺满堂得知董府自打罗厨师留下后,董少卿越来越钟情于那些奇奇怪怪的菜肴,而且自那日喝了百年老酒,酒量就出奇地大了起来,而且一日不喝便如坐针毡,脾气也变得暴躁,动不动就大发雷霆,下人们见了他,大气儿都不敢喘一声。

贺满堂闻言,脸上不禁泛起阵阵愁云。

春去秋来,一年光景转眼已过。这日,贺满堂忙活完一个晌午,正要坐下喝杯茶歇歇,此时四五个衙役走进店来,落座后,贺满堂听他们口中之言,似乎在谈论董少卿,便上前将一个他似乎有些面熟的衙役拉到一旁,问其究竟。

那衙役叹了口气,说:"贺师傅,你有所不知,董知府审错大案,严刑逼供打死人啦,有人报了吏部,不日便要将他押京查办。不知为何,知府大人如今办案不像以往那么上心,动辄就用大刑,冤假错案迭出。此番皇上得知,丢官不说,只怕知府大人连性命都难保呀!"

贺满堂闻听此言,直愣愣跌坐在椅子上,嘴里喃喃道:"大人啊,以您的资质,不至于此,不至于此啊……"

几日后,董少卿果然被差人押解出府门,走在街上,竟没有一人来相送,寒风凛凛,冷的却是心。

快出城门的时候,迎面走来了鲁升与罗厨师。

鲁升拱手道:"大人,你我相识一场,如今大人遭此厄运,真让我伤心不已,今特来为大人送行。"

董少卿感动地说:"鲁兄一片真诚,我心已足。"

说着话,一行人走过城门口贺满堂的小酒楼。

只见门帘一挑,贺满堂端着一碗热气腾腾的汤自酒楼走出,来到董少卿跟前,说:"大人,天寒地冻,喝一碗五神汤暖暖身子吧!"

董少卿闻言不禁泪如雨下:"满堂啊,我把你赶出府门,难道你不记恨我?"

贺满堂说:"老爷,现在还提什么恨不恨的,您还是快把汤喝了吧!"

"好,我喝!"董少卿端起汤碗,一口气喝了个底朝天。

贺满堂随即拿出一包银两,暗地塞给两个差官,道:"二位差爷,今日我家老爷蒙难,友人前来相送,总要喝一碗别离酒,望二位行个方便。"说罢,便引了董少卿、鲁升和罗厨师三人走进店堂。

四人同桌坐下,贺满堂亲自安排,不一会儿,酒菜上齐。

贺满堂端起一杯酒,对其余三人道:"我当年蒙受冤狱,是董大人清正严明,为我洗清冤屈,所以我才在府中尽心服侍大人。这一年来,我虽然离开了董府,但时刻不忘大人当年之恩,今日请几位干了此杯,一来为大人送行,二来嘛,以前的恩怨也该有个了结。"说完,他将杯中酒喝了个干净。

其余三人也随即一一把杯中酒干了。

鲁升叹了一句:"贺师傅真是义气之人啊!"

贺满堂没有接他的话,抹了抹嘴,又斟满一杯酒,对罗厨师道:"自那日领教了罗师傅的新、奇、烈,我一直记忆犹新,今日我也准备了一道此等菜式,请罗师傅指教。"

"哦?"罗厨师一愣,"没想贺师傅也通了此道?好……"他话刚说到这里,喉咙似乎被什么东西卡住了,脸上青筋暴起,"噗"嘴里随即吐出一口鲜血,溅得满桌都是。

鲁升见状,赶紧上前搀扶,不想嘴一张,他自己竟也满口鲜血喷了出来。

这时,贺满堂自己嘴角也淌下血来,可他却笑道:"怎么样,鲁老爷,罗师傅,我这'一口鲜'如何?可新?可奇?可烈?"

鲁升脸色煞白,说话已没了底气:"酒……酒……这酒里有……有毒!"

贺满堂正色道:"不错!不过酒再毒,也没有人心歹毒啊!"

董少卿大惊:"满堂,你恨我可以,为何对鲁老爷和罗厨师下此毒手？"

贺满堂踉跄着站起身来，对董少卿说："大人，您不必惊慌。酒中是有毒，但您喝的那碗五神汤便是解药，保您无事。"他说着，又指指鲁升和罗厨师，"大人今日之难，全由这两个蛇蝎小人而起，他们早该下地狱了。"

董少卿不解："此话从何说来？"

贺满堂道："大人想过没有，您这一年中审案不再那么用心，而好动大刑，喜见犯人痛苦屈服，这是为什么？原因就在于大人您每天吃的那些奇烈之菜，加上饮酒无度，脾气哪有不暴躁之理？暴躁者就容易出错，这才丢了多年的清誉啊！"

一席话，说得董少卿茅塞顿开，顿时瘫坐在椅子上："人常说'祸从口出'，我这是'祸从口入'啊！"

他问鲁升："满堂说的，可是实情？"

鲁升"扑通"一声跪倒在董少卿面前："大人，满堂之言，句……句句是实，请大人饶恕……饶恕小人，为小人求……求……求一剂解药。"

董少卿又惊又怒："你……你为何要如此对我？"

鲁升不敢隐瞒，只好坦白："只因你……只因你为官清正，挡了……挡了我的财路。我……我通过各种渠道……渠道想打通你，可是你……你……你又不贪财……不贪财，又……又……又不好色，我……我……我没办法，想来想去……想来想去，只有投你所好，用美味来引诱……引诱，每天让你……让你看见……看见牲畜惨死，改变心性。"

董少卿听了，如遭雷轰："你真是……真是用心良苦啊！"

罗厨师在旁边憋不住了，爬到贺满堂跟前，哀求道："贺师傅，这都是鲁升的主意，求您……求您看在同行的份上，发发慈悲，赐一碗……赐一碗五神汤，救小弟一命吧！"

贺满堂朝罗厨师摇摇头，说："罗师傅，实话告诉你，我就怕自己下不去狠心,所以已将全城可以用来做五神汤的主料尽数买下毁了,就由我陪二位到阎罗殿理论去吧!"

说罢,他跟跟跄跄地走到店堂门口,朗声道:"两位差官大人,各位父老乡亲,我贺满堂的命是董大人救的,如今用此命虽不能换得大人清白之身,但为大人报了仇,也算死有所值了……"

言罢,他一头磕在地上,就再也没有起来。

董少卿双腿一软,"通"一声在贺满堂身旁跪了下来……

(李　健)

(题图:俞跃庭)

送你四巴掌

汉江路上有个个体老板，叫郝二坦，原来在乡下种田，后来进城做海鲜生意，没几年就发了大财，不仅盖起了小别墅，还买了一辆豪华轿车。按他自己的话说，现在每天过日子快活得就像神仙。

说起来，这个郝二坦有二贪：一是贪杯，宁可三日无饭，不可一餐无酒，而且不喝个天昏地暗不罢休；二是贪色，见到漂亮女人两只眼睛就直了，总想千方百计把人家弄到手。

话说这天下午，郝二坦又做成了一笔大买卖，心里一高兴，便一溜烟直奔城里最大的酒楼"梦仙楼"。小姐们见来了大主顾，立刻像众星捧月般的把郝二坦拥进包厢，抢着给他递烟、敬茶，郝二坦得意得立马就飘飘欲仙，分不清东西南北了。

　　待酒菜上齐，一个姓王和一个姓李的小姐就左右把盏，开始给郝二坦灌酒。

　　王小姐说："郝经理，梦仙楼今天蓬荜生辉，都是托您的福，为了表示感谢，小女今天要敬您四杯酒。敬您一杯酒，一生平安无忧愁；敬您二杯酒，不要忘记梦仙楼；敬您三杯酒，好事天天伴您走；敬您四杯酒，财源茂盛达五洲。"

　　郝二坦听得浑身骨头都要酥了，他嘻嘻笑着，在王小姐脸上拧了一把，将四杯酒一饮而尽。

　　李小姐见郝二坦喝得开心，知道他等会儿给的小费肯定不会少，就忙扭怩着身子贴上去，说："郝老板，小女能认识您，真是三生有幸，小女今天也要敬您四杯酒。敬您一杯酒，终日财神侍左右；敬您二杯酒，辽阔商海任自由；敬您三杯酒，家大业大数风流；敬您四杯酒，祝您健康又长寿。"

　　李小姐敬一杯，郝二坦喝一杯，只喝得眉飞色舞，心花怒放。他伸手把两个小姐往自己怀里一拉，抱着她们啃了又啃，然后从口袋里掏出一叠钱，朝桌上一掼，嘻嘻笑着说："拿去吧，给你们玩个开心！"

　　王小姐和李小姐见郝二坦果然出手大方，乐得眉开眼笑，当即就把钱抢了过去，郝二坦于是便顺水推舟地要继续行事。这两位小姐都是在场面上混久了的，当然知道郝二坦接下去想干什么，于是立刻像两条泥鳅似的从郝二坦的怀里溜下来，齐声道："郝老板，请稍等，我们去去洗手间，一会儿就来。"说罢就出了门。

　　两位小姐一走，郝二坦被晾了鱼干，脸色就变了。

　　这时候，正好有个姓郝的小姐进来上茶，郝二坦发现她比刚才那两个小姐更加清纯可爱，他那对因酒精烧得几乎模糊了的双眼立刻亮了起来，冲着郝小姐说："谢啦，小姐，快快请坐。"

　　"老板有什么事，请吩咐。"郝小姐脸上的神情不卑不亢。

　　郝二坦瞪起两只眼睛，直直地盯着郝小姐，嘻笑着说："依我看,小姐,你这么年轻漂亮,如此气质,在梦仙楼里待着太屈了。你若有意,跟我回去,当我的秘书,怎么样?"

郝小姐似乎一愣,随即笑道:"谢谢老板好意,不过我没读过多少书,生来不会做秘书,让你失望了。"

"哪里的话呀,小姐,你真是太谦虚了!"郝二坦一边说,一边就要伸手来拉她,"嗨呀,你不想当秘书也行,就陪着我和客户谈谈生意嘛!我每月给你五千,五千!怎么样?"

郝小姐柳眉紧蹙,突然问郝二坦:"听口音,老板好像是郝家庄一带的人?"

"对呀!"郝二坦惊喜万分,"我就是郝家庄来的,小姐知道这个地方?"

郝小姐看着郝二坦,说:"老板是不是叫郝二坦?"

郝二坦一听更加乐了:"小姐,看来我们真是有缘,你不但能听出我的口音,还能叫出我的名字,就凭这,以后我包你了,每月给你一万元,怎么样?来,为我们的缘分,咱俩干一杯!"

可是郝小姐没有端杯,抬手甩了郝二坦四巴掌:"郝二坦,请你记住:送你一巴掌,不要忘了郝家庄;送你二巴掌,别把美酒当黄汤;送你三巴掌,莫干傻事丧天良;送你四巴掌,一意孤行必遭殃。你出来才几年,就不认识我郝金秀了?论岁数,你比我大得多,但我人小辈份大,按说,在庄上你还得叫我姑奶奶呢!不信,你回去问问你妈。哼,什么一万元,这钱你不如给自己留着买棺材吧!"

郝金秀言罢,转身就大步走出了包厢。

郝二坦摸着自己被打得发烫的脸,半天才回过神来。他见包厢门口围了不少看热闹的人,就强装笑脸自嘲道:"奶孙两个一般大,打打闹闹没有啥,若把此事当笑话,大牙落地开朵花。"

说完,他丢下酒菜钱,推开众人,悻悻地逃出了梦仙楼。

(张省如)

(题图:李 加)

金屋藏娇

　　某部门领导要带队到乡里来考察，而且下来还不是一天两天，乡长于是很紧张。

　　为啥？乡里工作好坏，就听领导一句话，领导不满意，乡长这个官也就当到头了。所以乡长下决心，一定要把这位钦差大人搞定。

　　听说这位领导是个吃主，乡长心里一阵窃喜：只要领导有爱好，事情就好办。他于是赶紧前后打点，考察组到了之后，就天天陪领导变着法儿地吃。

　　可谁料，任乡长怎么花样翻新，也翻不出这位领导的舌头，领导谈起吃来，简直就是一部动物族谱，猪羊狗兔不稀罕，山珍海味吃腻了，长虫老鼠蝎子蜈蚣蚯蚓蝗虫蚂蚁天牛……无论是天上飞的还是地上跑的,哪怕是土里钻的,他无一不知。每次乡长送上自认为很新奇的东西,到了领导嘴里都一脸不屑。

这下乡长火蹿头顶,把厨师张三好一顿训斥,说是再弄不出领导满意的新鲜菜,大家都没好日子过,现在没别的要求,就一个字:奇!要领导没吃过的,最好是领导想都想不到的东西。

可这穷乡僻壤的地方,大家平时过的都是刚填饱肚子的日子,哪有心思去顾及搞什么稀奇玩意儿来吃?张三真是没法,急得尿都差点儿憋出来。

不过常言说"急中生智",张三面临绝境,一咬牙,一跺脚,居然就被他想出了一个嘎咕点子,于是连夜备料,精心加工,第二天,一道奇菜"金屋藏娇"便上了领导的餐桌。

只见这"金屋藏娇"看上去金灿灿的外壳,用筷子夹开,里面的肉又嫩又白,还"咝咝"冒着热气,放一口进嘴里,味儿喷香。领导顿时乐得喜笑颜开,连声说,这玩意儿他不但以前没吃过,就连见也没见到过。

领导饶有兴趣地问张三,这是个什么菜。张三咬死了口,既不肯说原料,也不肯说配方和做法,只说这道菜是他家祖传的,而且平时轻易不做,今天是因为领导来了,才豁出去做一回。

领导一听,兴致就更高了,一口接一口地品尝,夸张三的手艺一流,还夸这菜就连名儿也起得好。

这一来,酒桌上的气氛就更加热烈了,人人一醉方休。

考察结束,领导对这个乡的工作好一番夸赞,把个乡长乐得简直忘乎所以。

这一来,张三有个绝活菜叫"金屋藏娇"的事儿就在乡里传开了。可是除了那位领导,谁也没有福气再尝一下张三的手艺,就连张三的媳妇问起,张三也笑而不答。

本以为事情就这么过去了,谁知那领导回去后对"金屋藏娇"念念不忘,过不久就又来乡里,点名要张三再做。

张三连连摇头,说:"不行,现在做不了啦。"

乡长火了:"上回能做,这回怎么就不行?你做,做好了,我给你加工资。"

张三还是摇头:"这回真不行,你再给我加工资,我也没法做。"

乡长急得直瞪眼,就差管张三叫祖宗了。

张三被乡长逼得没办法,只好说了实话:"不是我不肯做,实在是因为现在没原料了。"

乡长说:"你告诉我,到底要什么原料?就是上天入地,我也派人去给你弄来。"

张三眨眨眼睛,只好狠心开口:"唉,乡长,最近一阵子你不是号召大搞环境卫生吗?所有的厕所里都撒上了白灰,别说大蛆,连个蛆伢都没有,你让我拿什么给他做那玩意儿?"

乡长一听,傻了眼……

（胡立秋）

（题图:李　加）

座位问题

　　吴明在镇政府对面开出一家卖早点的小食店,在镇政府里当过秘书的表哥对他说:"镇里头领导多,做他们的生意可难啦!"吴明却不以为然:"我做生意公买公卖,认钱不认人,这有什么难不难的?"

　　小食店卖的是八宝粥,选优质的大米,配上上等的绿豆、花生、红枣,还有莲心、桂圆之类一起煮,那香味儿老远就闻得到,果然引来不少吃客,小食店的生意很红火,吴明为此也很得意。

　　这天,吴明正在店里忙着,一个中年男子走进来,唤他道:"来碗八宝粥!"吴明抬头一看,是镇政府里管他们这摊子事儿的邱副镇长,于是赶紧放下手里的活儿,打了一碗八宝粥,给他端到门后一张小方桌上,热情地招呼道:"领导,您请用。"

谁知邱副镇长看也不看吴明一眼,嘴里"啧"了一声,将粥碗从门后端到正堂中央的桌上,然后大模大样地面对着店门坐下,这才慢慢吃起来。

吴明一看,直拍自己脑袋:人家当着堂堂一镇之长,尽管是副的,也得给他坐正堂的位子呀,还可以一边吃一边观赏街景,哪能让他坐门后去呢? 吴明心里直骂自己糊涂,更担心邱副镇长会不会因此而认为吴明这是在怠慢他。

不过第二天早上,吴明的心就放了下来,因为邱副镇长又来小食店喝八宝粥了。这回吴明学乖了,把粥碗端端正正地放在正堂一张桌上,然后招呼邱副镇长:"领导,您慢用!"

可出乎他意料的是,邱副镇长却瞪了他一眼,嘴里"啧"一声,端起粥碗就朝门后那张小方桌走去。

吴明闹不明白了:这位领导到底是要坐门后边呢,还是要坐正堂? 当晚,吴明特地去表哥家请教,表哥听了哈哈大笑,对吴明说:"你真是个木瓜脑袋! 你这店开在镇政府对面,镇政府规定八点钟上班,这个姓邱的晚上爱搓麻将,早上经常起不来,今天他肯定是来迟了,所以才不敢坐正堂。不信你以后自己看,准就是这个原因。"

吴明一听,这才恍然大悟,于是回家路上顺便就去买了一个电子钟,第二天把它挂在小食店的墙上。从此,凡邱副镇长来,吴明就看钟端粥:八点钟之前,把粥端到正堂桌上;八点钟之后,就把粥端到店门后的小方桌上。这一招,果然有用,邱副镇长此后就再也没有朝吴明瞪眼。

可是过了一阵子,事情又有了变化。

这天,太阳已经升起老高了,邱副镇长才睡眼惺忪地走进小食店,声音沙哑地朝吴明喝道:"给我来碗八宝粥。"

吴明瞥一眼墙上的挂钟,此时已经快九点了,于是赶紧打了一碗八宝粥,端到门后小方桌上,小声说:"领导,您请。"

哪知邱副镇长眉头一皱,将粥碗端到正堂中央的桌上,叉着两条腿坐下,大模大样地吃起来,搞得吴明丈二和尚摸不着头脑。

这还不算!第二天,邱副镇长来得更迟,吴明吃不准他要坐在哪里,想想他今天迟到总是无疑的了,就还是把粥碗朝门后的小方桌上端。

不料这时邱副镇长的脸拉长了,喝道:"你什么意思?为什么老叫我坐门后边?"吴明吓得愣了好几秒钟,待回过神来,赶紧把粥碗给他端到正堂迎门的大桌上。

整整一天,吴明心里都在琢磨:是镇政府规定的上班时间推迟了,还是这位姓邱的领导手表停了,他自己不知道时间?吴明想来想去想不出原因,于是当晚只好又去向表哥请教。

表哥一听,忍不住又哈哈大笑起来,说:"你这个人哪,真是消息太不灵通啦,人家现在已经由副转正,是名副其实的一镇之长啦,迟到不迟到,谁管得了他呀!"

吴明一听全明白了,心里不由感慨万分。从此,不论这个姓邱的一镇之长什么时候来吃早点,吴明都把他往正堂桌上请,果然这一来,他再没吭过一次气。

过了两个月,有一天,吴明在街上遇到表哥,表哥说:"告诉你,那个姓邱的位子又该改啦!"

吴明"嘿嘿"一笑,说:"我知道。"

表哥惊奇地问:"你知道什么?"

吴明说:"这个姓邱的上个星期去嫖娼,被公安部门逮着了,昨天镇纪检委已经对他作出开除党籍、建议罢免镇长职务的处理决定。出了这档子事,他哪还有脸面坐正堂的桌?所以呀,从明天起,无论他什么时候来,都该让他坐门后角落里的那张小方桌。对吧?"

表哥一听,拍拍吴明的肩说:"好呀,这回你算是真明白了!"

(谢元清)

(题图:李　加)

"狗乡长"的绝活

有道是，穿衣戴帽，各有所好。原阳乡乡长苟三不嫖不赌，却独好狗肉，一日不吃就像丢了魂似的，吃啥都没滋味，人送外号"狗乡长"。可狗乡长哪里想到，正是这个嗜好，差点要了他的命。

那天北风呼啸，寒冷刺骨，傍晚下班后，狗乡长缩着脖子正想去"胖子狗肉馆"饱餐一顿，忽见一辆小车急急地驶进乡政府。这么晚了，谁还会来？狗乡长正疑惑着，从车里钻出几个人来，为首的是一位老板模样的男子。

男子走上前来，问狗乡长："你是苟乡长吧？"

狗乡长疑惑地点点头。

男子说，他姓吴，是绿野公司的经理，是特地为投资找来的。

一听对方说是来投资的,狗乡长高兴得差点跳起来。最近镇政府正在想尽一切办法招商引资,还下了军令状,各乡凡完不成招商任务的,坚决摘掉乌纱帽,没想今天就从天上掉下个财神来。

狗乡长一把拉住吴经理的手,激动地说:"吴经理,欢迎,欢迎啊!"

一阵寒暄过后,狗乡长对吴经理说:"走,我做东,请你们尝尝咱这儿的狗肉,好吃得很哩,咱们可以边吃边聊。"

"好极了!"吴经理脱口道,"狗肉滚三滚,神仙站不稳,谁都知道这玩意儿既暖身又壮阳,鄙人正是冲它而来的。"

狗乡长见吴经理的喜好和自己不谋而合,真是喜不自禁,于是便钻上吴经理的车给司机指路,带着这行人来到了胖子狗肉馆。

真是"闻到狗肉香,神仙也跳墙",车子还没停稳,店主阿胖的老婆阿玉已经眉开眼笑地迎了出来。

狗乡长下得车来,对阿玉说:"老板娘,快点弄一桌狗肉上来,红烧、清炖、油焖、五香,哪样也不能少,再来一个狗杂煲。噢,对了,别忘了来盆'太太乐'!"

"太太乐?"阿玉疑惑地看着狗乡长,皱起了眉头。

狗乡长朝阿玉诡秘一笑,说:"太太乐都不知道?就是红烧狗鞭嘛!"

一句话,逗得一行人禁不住狂笑起来。

阿玉不由面露难色,对狗乡长说:"不瞒你说,'冬至到,狗肉俏',今天狗肉刚卖完,我家胖子进城买狗肉去,到现在还没回来呢!"

狗乡长一听,很是懊恼:好不容易引来一位财神,自己又怂恿人家吃狗肉,现在如何是好?

狗乡长让阿玉想想办法,阿玉为难地说:"办法么,除非你去轧条狗来。"

"轧狗?"吴经理耳朵尖,他好奇地盯着狗乡长,"你还有这一手?我今天倒要见识见识。"

轧狗对狗乡长来说是"小菜一碟"！狗乡长平时喜好吃狗肉,又不想花钱,所以就常用车去轧狗,久而久之,就练得了这手轧狗的本事,路上的狗只要遇上他这个狗乡长,都休想逃脱。此刻狗乡长被吴经理这么一激,他心想:今天去轧狗,既可让吴经理开开眼界,又能搞来狗肉吃,一举两得,何乐而不为呢?于是当即从吴经理的司机手里接过车钥匙,请吴经理上车,一起去看他的轧狗表演。

冬日夜长,此时刚过五点,可天就黑得看不清对方的脸了,狗乡长驾车疾驰如飞,他将车开上公路后,眨眼就开出原阳乡,向东墩方向而去。为啥?狗乡长知道,东墩养狗的人家多,他以前在这条路上曾经轧死过不少狗。

一路上,狗乡长的两只眼睛瞪得跟探照灯似的,不停地在路面上扫视,随时准备"笊篱擦屁股——露一手"。然而事与愿违,不知是否天气寒冷的缘故,他连狗毛也没见到一根。没有狗,怎么让吴经理开眼?他急得抓耳挠腮,脸涨得通红。

忽然吴经理大叫起来:"快看!"

狗乡长凝神一看,开心啊:一条膘肥体壮的黑狗正在前面不远处觅食。

施展绝活的时候到了！然而,狗乡长这时候却突然把车停了下来。为啥?原来狗乡长轧狗有原则,就是"两轧两不轧":成熟的狗轧,身强体壮的狗轧;怀孕的母狗不轧,疯狗和病狗不轧。

狗乡长审视过后,断定这只黑狗可以轧,于是将油门一踩到底,车便像匹烈马似的直朝黑狗冲去。那黑狗被突如其来的袭击吓坏了,拼命地朝前狂奔,狗乡长就驾着车紧咬不放。

狗腿哪跑得过车轮子,眼看就要撞上了,可是狗乡长却突然一个急刹车，又将车停了下来。吴经理看在眼里，疑在心头：为啥不轧上去呢？

吴经理正在疑惑间，黑狗已经撒腿朝路边逃去，只见狗乡长这时突然又加大油门，将车朝黑狗冲了过去。可就在撞上黑狗的刹那间，狗乡长猛地又踩下了刹车，同时两只手急扳方向盘，车头一偏，车尾横扫路面，只听一声凄惨的尖叫声传来，狗乡长这才长吁了口气，扭头问坐在副驾驶座上的吴经理："您猜，轧着了吗？"

吴经理怔怔地看着狗乡长，说："没轧……轧着了？"

狗乡长笑着邀吴经理一起下车去瞧，借着车灯两人下车一看，只见黑狗正倒在车子的前轮边上。

吴经理顿时惊叹不已，问狗乡长："你干吗一开始不轧上去呢？"

狗乡长颇为得意地说："这就是我的绝招，你知道它叫什么？'横碰'。横碰的好处可大啦！"

狗乡长接着就眉飞色舞地给吴经理讲了一个故事：清朝光绪年间，有一个为皇家养鹿的鹿苑，每逢采茸季节，苑里都要将养得膘肥体壮的鹿拴在树上，然后敲锣打鼓地故意惊吓它们，让它们因此而狂跳不止，使其全身血液涌到鹿茸上，再将鹿茸割下，这样的鹿茸药用价值特别高。轧狗也是如此，如果把狗轧得血肉模糊，谁还敢来吃？

狗乡长这番话，听得吴经理连连点头。吴经理正要夸赞狗乡长几句，没想那黑狗忽然从地上跳起来，撒腿就朝路边的稻田里蹿，转眼便没了踪影。不用说，黑狗刚才只是被撞晕了。

可是狗乡长却惊呆了，轧狗多年，他还从来没有上过狗的当，气得一拳砸在车上："妈的，这狗成精了！"

吴经理意犹未尽，趁机安慰狗乡长说："没关系，没关系，再轧一条嘛，我还没过足眼瘾呢！"

狗乡长一听，心里却没有底，眼看天色越来越黑，过了这个村，还不知道有没有那个"狗"呢！

果然，不出狗乡长所料，他接着又开了很长一段路，就是不见狗的踪影。

狗乡长正心急如焚的时候，忽然眼前一亮：前面昏暗的路灯下，有一条肥硕的黄狗正蹲在那里。狗乡长生怕把黄狗惊跑，立即将车减速，还"啪"地关了车灯，他决定这次采用速战速决的直轧办法，一次性解决问题，所以当车悄悄逼近黄狗时，他突然猛地加大油门，将车头照准黄狗就"嗖"地撞了上去。

说时迟、那时快，只听"卟卟"两声，黄狗被车撞到路灯柱上又反弹到地上，连哼都没哼，就一命呜呼了。狗乡长刹住车，脸上露出了笑容。

吴经理眨巴着眼睛问他："轧着了？"

狗乡长得意地点点头。

"真的？"吴经理狐疑地看着狗乡长，因为整个过程只有几秒钟，他根本没有来得及看清楚。

狗乡长不吱声，很自信地跳下车去。

就在这时候，突然前面路上传来一声喊："哎——"

狗乡长抬头一看，有个人影大叫着朝他狂奔过来，他突然想起这一带曾发生过几起当地人用狗撞车来敲诈过路司机的案子，肚子里暗叫不妙，于是第一反应就是奔过去捡狗，得赶紧把狗藏起来。

可当狗乡长弯腰去捡那条黄狗时，他突然像被电击一般僵住了。吴经理不知出了什么事，正要凑上来看，只听狗乡长大叫一声"天哪"，"咚"地就栽倒在了地上。

吴经理顿时大惊失色，上去一看，这才发现狗乡长轧死的哪里是狗，分明是一个身穿黄皮大衣的姑娘。

那个朝这儿狂奔的人此时也跑近前来，他正是被撞姑娘的男友。

原来,刚才姑娘与男友逛马路,没想逛着逛着鞋带散了,便蹲在路灯下系鞋带,男友则不紧不慢地继续朝前走着,谁知昏暗的灯光下,狗乡长远远看过来,竟把裹着黄皮大衣的姑娘错看成了黄狗,因为关了车灯,黑灯瞎火里的狗乡长又轧狗心切,姑娘就这样成了他的车下冤魂……

想不到吃狗肉竟吃出了如此大祸,吴经理回过神来,立刻意识到了事态的严重性,赶紧用瑟瑟发抖的手拨打110和120。

这下,狗乡长的招商引资愿望自然泡了汤,他的乌纱帽就更不用说了。醒来后,他还没来得及被送进监狱,就先进了精神病院,因为他疯了……

(徐正风)

(**题图**:魏忠善)

杯 中 窥 人

自古官员的应酬功,可谓博大精深。酒桌饭局之上,清官、贪官、庸官、浑官,一辨则明。

讨

鳖

张家庄有个老头叫张茂元，是个逮甲鱼的能手。这天下午，他在野河湾里又逮到两只甲鱼，而且个头特别大，可兴奋了，一路拎着回到家里。

谁知刚进门，老伴就朝他嚷嚷说："嗨呀，老头子，你可回来了，新上任的刘支书急着找你呢！"

张茂元一愣："他找我干啥？"

老伴说："他大儿子明天结婚，娘家客突然加了两桌，缺两只甲鱼，他找你帮忙。"

张茂元听了嘴一撇，把手里拎着的大甲鱼往瓦盆里一放，说："我好不容易才逮到的这两个大家伙，还指望它们到集上去换大钱呢，怎么能给他？ 快，你把甲鱼盆给我放里屋去，他要再来,我就说没有。"

两口子正说着话,就听大门"吱呀"一声响,张茂元回头一看,进来的正是刘支书,今儿穿戴一新,看上去满脸喜气。

张茂元瞥一眼还没来得及藏进里屋的甲鱼盆,心里不由"咯噔"一下。他赶紧拿起桌上老伴给他准备的一壶酒,抬高嗓门朝刘支书招呼说:"大兄弟,来,坐坐坐,咱喝一盅!"

可刘支书精着哩,进屋后一边朝张茂元摆手说"不喝不喝",一边就两只眼睛滴溜溜地转,果然瞥见了那只甲鱼盆,惊讶得大叫起来:"哇,这么大个头呀,足有四五斤重吧?"

张茂元一时喉头堵塞,不知说什么好。

刘支书便道:"老哥,明天我家办喜事,就缺两只甲鱼,你把它们卖给我,怎么样?"说罢,还给张茂元递过来一支烟,又"啪"一下打着了火。

支书递烟过来,张茂元不能不接,他于是伸出手去,还下意识地凑上去吸了一口。此时,他刚才对老伴说话时的那股愣劲儿不知跑哪儿去了,嘴边顺溜出来一句:"你要就拿去呗!"

这话一出口,别说老伴惊讶他态度怎么突然就和刚才判若两人,就连张茂元自己都觉得奇怪:明明心里不愿意,咋嘴上就说得这么轻松?

可刘支书一听他这话脸上立刻笑开了,搓着两只大手说:"好好好,那就太谢谢你了!有秤吗?"

老伴说:"还称啥?拿去吧!"

"那怎么行?要不我先留下点钱。"刘支书一边说,一边忙伸手掏衣兜,可脸上的表情却突然尴尬起来,"糟糕,出来时换了件衣服,兜里忘放钱了。这样吧,甲鱼我先拿走,明天一定给你们送钱来。"

"嗨,啥钱不钱的!"张茂元没管住自己舌头,一打滑,嘴边不由又溜出一句来。

他眼看着刘支书乐滋滋地用麻绳拴起两只大甲鱼走出了他家的门，从甲鱼身上滴滴答答淌下来的水珠，还在地上画出一条弯弯曲曲的水线，气得举起酒盅"啪"地就往地上摔，朝刘支书的背影直跺脚："好你个姓刘的，老子逮这两只甲鱼累得跟鳖孙子似的，到头来连个王八毛都没捞着。哼，这两个家伙二百块也不止呀，扔水里还能听个响哩！"

老伴朝张茂元撇撇嘴，说："刘支书刚才不是说了嘛，明天就把钱给咱送来。"

"送你个头！"张茂元朝老伴吼道，"哼，都怪你，我叫你把盆端里屋去，你咋不赶紧端？耳朵长胯骨上了？"

一听他这话，老伴也上了火："你咋怨我？按说人家孩子结婚，咱庄里庄乡的，也该送个喜钱，那甲鱼就当咱送给他不就得了？"

"什么？你说得倒轻巧，我逮的甲鱼，你去充好人？咋，你和他穿一条裤子？"张茂元把桌子拍得"乒乒"响。

老伴不饶他："我看这事全怨你，你不松口，他能拿走？你这是贼走了要钩担，当面怎么不敢说？"

张茂元被老伴这话噎得够呛，瞪圆了眼珠子："你……你……"

老伴也不肯退让："你啥你？谁不知道你是个牢骚精！有本事，你去刘支书那里把甲鱼给我要回来！哼，要不回来，你就别在家里冲我要威风。"

张茂元被逼不过，血一下冲上脑门子，他大吼一声："我若是要回来了，你咋办？"

老伴毫不示弱："你若是要回来，我把脑袋拧给你。"接着还逼问一句，"你若是要不回来呢？"

话已经说到这个份上了，张茂元哪能充狗熊呀？"要不回来，我就不进这门！"张茂元转身抓过酒瓶，仰起脖子，"咕咚咕咚"朝嘴里灌了几大口,他想借酒劲给自己壮壮胆,既然立了誓,这赌一定要打赢。

张茂元走进里屋,从枕头下摸出两张百块钞票,朝老伴眼前一晃,随后揣进衣兜,说:"嘿嘿,我赢了就去买瓶好酒喝喝,这辈子也该享享福了!"

此时天已落黑,弯月在头顶悬着,张茂元跌跌撞撞地来到刘支书家大门前,看着那两扇敞开的大门,他觉得就像一张黑洞洞的大嘴等着自己钻进去,心里不由打个愣怔,暗自思忖起来:我找什么借口去向这个姓刘的要回我的甲鱼呢?

想了半天,张茂元一拍脑壳,终于拿定了主意:对,就说俺未婚女婿明天来家里,我得拿这两只甲鱼当压轴菜。

见张茂元上门,刘支书两口子显得异常亲热,递烟、端茶、让座,把个张茂元弄得手足无措,浑身不自在。

此时,来刘支书家贺喜的人像走马灯似的,去了一拨又来一拨,好像没个断头的样儿,张茂元站在那里,觉得自己就像立在空旷田野里的一棵孤零零的苞米秆,别人是爽爽快快地来送礼,就你张茂元的钱金贵?再怎么说,看在乡邻的情分上,你张茂元也不能一根直肠子通到底吧?

张茂元越想越觉得身上有无数只小虫在爬,他想改变主意回去了,可不明不白地告辞,显得多窝囊,更要紧的是,没讨回甲鱼,他怎么有脸回去见老伴? 以后还怎么在老伴面前抬头说话? 没办法,他只好瞅个空儿,硬起头皮,鼓足勇气,对刘支书说:"大兄弟,明天我那个毛脚女婿要来,你看……"

刘支书一下没听出张茂元的话音来,他朝张茂元笑笑,摊开两手说:"你看看,你看看,我忙得这样,明天实在没时间给你去陪客呢。"

张茂元一看刘支书听拧了,不由着急起来:"这个……这个……那两只甲鱼……"

"老哥,你这两只甲鱼可救了我的大驾了,真不知怎么感谢你呀。回来后我称了称,两只甲鱼整四斤,按市场价该给你二百块钱。来来来,先抽根喜烟。"刘支书一边说着,一边给张茂元递过来一支烟。

张茂元舌根发硬,脑袋里像塞进了一团牛草,他拼命朝刘支书摆手,说:"不用,不用! 我有,我有!"他慌乱地伸手到衣兜去掏自己的烟,不料却把出门前塞进衣兜里的那两张钞票给带了出来。

这下张茂元可尴尬了,因为他原先根本就没准备要来送礼,脑子里就想着那两只好不容易逮来的甲鱼,可现在,如果不把这二百块当作礼钱送出去,他脸面抹不下来呀! 所以额上顿时冒出了豆大的汗珠,脸也憋成了猪肝色。

刘支书仿佛看透了张茂元的心思,猛地上来一步按住他的手,说:"老哥,你看看,我甲鱼钱都还没给你呢,你这是干啥? 不能让你再破费了,就算甲鱼是你送的,这钱我就无论如何不能再收了。"

刘支书的话听上去挺像回事儿,可张茂元心里却在嘀咕:你姓刘的现在是刚上任,嘴上当然要说得好听,可谁知道你心里在想什么? 他一咬牙,把二百块往桌上一放,转身就出了刘家的大门。

回家路上,张茂元越走心里越沮丧:这下好了,两只大甲鱼没了,口袋里的二百块钱也没了,回去怎么给老伴交代? 他走走停停,脚步越走越慢。

走过村里打鱼户李老汉家门口时,张茂元忽然灵机一动:对了,我何不先向老李借两只甲鱼回去? 至少可以先塞住老伴的嘴,省得她话多呀!

打定主意,张茂元便一脚踏进了李家的门。

等从李老汉家里出来,张茂元脸上的神情已经大变样了,他兴冲冲地直奔自己家,一头撞进门,嘴里大声嚷嚷着:"拿盆来,快拿盆来!"

老伴闻声出来,一看张茂元手里真拎了两只甲鱼,吃了一惊:"你……你这是从哪儿拎来的?"

张茂元故作得意的样子,神气活现地说:"从哪拎来? 除了他姓刘的,我还能从哪儿拎来?"

"他……他真还给你了?"

"他敢不还? 哼,要吃老鳖他自己买去,老子不侍候他!"

老伴不吱声,直直地看着张茂元,忽然冷笑起来:"老头子,我看你就别癞蛤蟆垫床腿——强撑啦! 我实话对你说吧,刚才,刘支书已经来过啦!"

"什么? 他来过了?"张茂元一愣,"他来干啥?"

"干啥?"老伴瞥张茂元一眼,"刘支书说了,甲鱼钱二百,礼钱二百,一共拿来四百块。哼,你充什么好汉哪?"

(王秋生)

(题图:王申生)

特别保姆

梅雨被县教委一个姓钱的科长从乡下带进城里，来到一幢两层楼的别墅前。她跟着钱科长走进别墅，睁着一双大眼睛，四下打量个不停，眼前的富丽堂皇令她吃惊得差点叫出声来。

别墅的主人是一个大腹便便的中年人，姓赵，在城里一个单位的部门里当着主任。赵主任见了梅雨也暗吃一惊：一个好清纯的乡间女孩！

钱科长给赵主任介绍说："这孩子叫梅雨，今日能进贵府，真是上了天堂。孩子很懂事，以后会好好在您家干的。"

赵主任见梅雨满脸通红地站着，就拉她在沙发上坐下，又给她剥了一根香蕉。

可赵主任这样一来，梅雨就更显得拘谨了，她心想：我是来当保姆的,怎么能被主人当贵宾招待?

当保姆,是梅雨做梦都没有想到过的事。梅雨生性聪明,村里的女孩就数她最会读书,从小学到中学,梅雨在学校里一直是优等生,尽管家庭困难,可爹娘一直咬着牙供她上学。岂料苍天无眼,正当梅雨高一期中考试时,她爹在南下打工途中不幸遇车祸身亡,她娘遭此打击后成天病恹恹的,家里一下断了经济来源,梅雨只好含泪辍学。

梅雨对当保姆毫无经验,为了能给赵主任留下一个好印象,抓住这个能让自己为家里挣钱的机会,她来别墅的第二天,就跑到街上特意买了一本《保姆大全》。

按书上讲,保姆是受雇为人照管儿童或为人从事家务劳动的,然而赵主任家没有小孩需要梅雨带,也没有多少家务需要梅雨做。赵主任的夫人做事挺利索,又十分讲究,有时候生怕梅雨弄坏了什么,有些事她情愿自己干。至于厨房里的活儿,赵主任的母亲全包了,老人闲不住,梅雨多插手她反而不高兴。于是梅雨就只剩下打扫卫生了,但院子里的卫生是由赵主任单位里的一名清洁工专门负责的,而屋里铺的全是地毯,用吸尘器吸一下,没多少时间就做完了。

在山里过惯了苦日子,突然没书念了,出来挣钱想不到又如此空闲,梅雨可不习惯这样的生活,她心里很不安,悄悄问自己:“主人这不是白养着我了吗?他们为什么要这样待我?”

一个月后的一天,赵主任突然对梅雨说:“你今天跟我出去一趟。”

原来,赵主任是要带梅雨去一家叫“夜来香”的美食城,他们到那里的时候,早有一桌人在等着他们了。梅雨一看,这些人每人身边都有一个年龄与她相当的姑娘。

原来这是一帮带“长”字号的人,不是处长、科长,就是总经理、董事长什么的。平时单位里来客,他们自然陪着吃喝,没客时这帮人就常常聚在一起,轮流做东。开始,他们凑在一起时都各自带着自己的夫人,后来改成了带小蜜,不知从何时起,他们玩起了新花样,互相比起保姆来,一个个都到乡下去找保姆。他们觉得,稚气未脱的乡下女孩犹如出水的芙蓉,有一种天然的清纯,是另一种味道。

所以,当赵主任带着梅雨出现在他们面前时,众人的目光"刷"地全照在了梅雨身上,随即就发出一片啧啧声。此时,梅雨尽管还不清楚赵主任带她赴宴的用意,但直觉告诉她,赵主任找她做保姆,不会有好事。

果然,酒过三巡,赵主任就禁不住抖了底:"不瞒诸位,不是美女我肯定不要。我这位美女来得可不易,钱科长帮我到全县各个乡镇去挑了半个月,她可是从上百个女孩里挑来的……"

这以后,赵主任经常带梅雨去参加这一类聚会,每次都以炫耀的口气向别人介绍,梅雨是如何被他挑来的。梅雨渐渐明白了,赵主任用她这个保姆,对于赵主任自己来说,是一种面子,一种虚荣,一种身份的象征,自己如同他家里的一件摆设。

梅雨不愿做摆设,她想回家去陪娘,回家去上学,但问题是她现在没钱,她必须忍气吞声地挣这个保姆钱,所以心里觉得很无奈。但尽管这样,梅雨还是很会打发时光,每天做完那一点家务,她就抓紧时间坐下来,自学从家里带来的高中课本,或给几个要好的同学写信。

再说当初带梅雨来赵主任家的那个钱科长,他是赵主任家的常客。每次来,钱科长都要给赵主任带来大包小包的土特产,而赵主任也不客气,笑呵呵地一应俱收。也有的时候,梅雨看到钱科长让赵主任给他写什么条子,赵主任立马就写给他,随后钱科长便拿着条子哈哈笑着走了。

这天,钱科长来了又走了。钱科长前脚一走,赵主任后脚就迫不及待地从钱科长带来给他的礼品袋中抽出一包香烟,拆开,里面露出一沓崭新的"大团结"。巧的是,此时梅雨送钱科长出去后拴了院门进来,正好撞见这一幕,她心里不由一惊:天哪,这不是过去上学时老师经常讲的行贿受贿吗?

赵主任见梅雨一脸的惊讶,知道瞒不过她了,索性对她挑明说:"你知道吗,钱科长为什么要给我这个?"

梅雨脱口道:"您是上级,钱科长是下级,他当然要敬重您。"

"不不不,"赵主任说,"你莫看他在我面前点头哈腰的样子,那全是假的,他这是拿小钱换大钱。"

"小钱换大钱?"梅雨不解:这么厚一沓还算小钱?那大钱该有多厚一沓哪!

赵主任给梅雨解释说:"你想想,你来当保姆不到三个月,他就来了四五回,哪一回不是为钱来的?我前前后后给他批过三张条子,加起来足足有十几万。这不,今天他又要走了三万,说是扶持贫困山区,给雨岭中学修校舍。"

"雨岭中学?那是我以前在乡下读书的学校呀!"梅雨高兴得双眼发亮。

赵主任一听笑了,讨好地对梅雨说:"嘿嘿,若是跟你没关系,我当然不会批给他啦。"

梅雨好像突然明白了:钱科长煞费苦心为赵主任请保姆,原来我成了他手里的一棵摇钱树了呢。不过说实话,这一刻梅雨心里挺高兴,自己不知不觉中竟在为家乡建设特别是母校建设做贡献了呢!当晚,夜已经很深了,梅雨还在激动地给几个以前读书时要好的同学写信,诉说自己的欣喜之情。

大概一个星期之后,钱科长又来赵主任家了,除了像往常那样带来大包小包土特产外,还带来了一个打扮妖艳的女子。那女子落座后没多会儿,竟大方得反客为主,给赵主任又是倒茶又是剥香蕉,还请赵主任当晚去夜来香美食城赴宴,把个赵主任夫人给气得。

　　夫人见赵主任果真如约前往,心里很是不爽,到晚上九点还不见赵主任回家,就叫梅雨快去看看,免得赵主任喝醉。

　　梅雨找到夜来香美食城时,赵主任和钱科长他们正在闹酒,一个个喝得昏天黑地。

　　赵主任醉眼蒙眬中把梅雨当作了美食城的服务员,见她进来,就招呼道:"小姐,再拿瓶酒来!"

　　梅雨见赵主任已经有些喝醉了,就上前说:"赵主任,我是梅雨,夫人让我来叫您早点回去。"

　　梅雨这一说,钱科长不高兴了,狠狠瞪了她一眼。

　　那个妖艳女子也嚷嚷起来:"小孩不懂事,少插嘴,我跟赵主任的酒才起杯呢,我得跟赵主任喝个八方得利!"

　　她说着,便转向赵主任说:"赵主任,您是有身份的人,您坐着,我来敬您。"她让小姐拿来八只小碗,一字摆开,全部倒满酒。

　　随后,她朝钱科长眨眨眼睛,端起一碗,举到唇边,对赵主任说:"赵主任,这酒我敬您,但请允许我向您提个条件,如何?"

　　"说。"赵主任倒也爽快。

　　"我的条件就是……刚才钱科长向您汇报了建教委办公楼的事。赵主任先前只给三万,未免太小气了,还不够请几桌客呢! 这样吧,我敬您一碗,您给我们加拨一万,行不行?"

　　"行!"赵主任一口答应。

　　妖艳女子见赵主任点头,立刻一仰脖子,"咕噜"一声干下一碗,然后说笑一阵,又干下一碗……

　　梅雨在旁边简直看呆了,不仅因为那妖艳女子的酒量,更因为赵主任的气魄。喝一碗酒,就答应给人家一万? 一万元,这在雨岭中学是五个老师一年的工资,赵主任的权怎么这么大?

　　当妖艳女子喝下第五碗酒的时候,她身子开始摇晃起来,捧碗的手也抖了起来。钱科长立即扶住她,鼓励说:"坚持住! 坚持就是胜利! 喝!"

赵主任这时候头脑却猛地清醒起来，他怕对方再喝要出事，阻止说："够了，不能再喝了！"随手就把一张条子批给钱科长，"一言既出，驷马难追，这是追加的五万。"说罢就摆摆手，准备起身散席。

"不能散！"随着一声喊，梅雨突然一步冲上前，一把举起桌上的酒碗，说，"各位领导，请受我梅雨一敬！""咕噜"一声，她头一仰，手里那碗酒立刻见了底。

梅雨这突如其来的举动，顿时把大家给镇住了，赵主任惊得张开嘴巴半天没合上，他多次带梅雨赴宴，梅雨从来滴酒不沾。

的确，梅雨从来没喝过酒，一碗酒下肚，顿感双颊火燎燎的，浑身的血液像煮开的水沸腾起来。她好像胆子一下子大了许多，冲着赵主任说："赵主任，我再单独敬您几碗。"

"好！只要美人儿喝，我一定奉陪。"赵主任兴致又上来了。

"不！"梅雨说，"就像刚才那样，我一个人喝。不过，我每喝一碗，您也得给我一万元！"

梅雨这一说，大家立刻笑开了。

赵主任笑得更厉害："傻妞，我这是公款，怎么能私自给你呢？"

梅雨点点头，说："我知道，赵主任的钱是公家的钱。赵主任，你们住在城里，可知道我们乡下？那里多么贫困，多么需要政府来扶持啊！就说我读过书的雨岭中学吧，校舍是一座庙宇改建的，几十年修修补补，百孔千疮，老师和同学们就是挤在这样的教室里上课。您说钱科长要了三万元给我们学校修校舍，可我同学来信说，学校根本就没有拿到过什么维修款，连校长都不知道有这回事。赵主任，既然您答应过为我们雨岭中学拨款，那么现在就来真的，当面落实吧！"

梅雨借着酒兴越说越激动，一双大眼睛泪花闪闪，说完了，她又把满满一碗酒端到嘴边。

这时候,赵主任猛地站起,一把将梅雨手里的酒碗夺了过去,颤抖着说:"孩子,既然你把话说到这份上,这酒就由我来喝了它……"

不久,雨岭中学收到了五万元校舍修建专款,消息传开,全校一片沸腾。校长办公会议决定,要重奖梅雨,免收她高中三年的学费,让她早日回来复学。

学校去找钱科长商量,钱科长觉得梅雨太机灵,日子长了会给他捅娄子,所以就顺水推舟地来到赵主任家。

钱科长正想着怎么给赵主任开口,谁知赵主任却主动对他说:"老钱呀,让梅雨回去上学吧!这孩子不简单,她说的这些话我这辈子算是忘不了哇!唉,有时候想想自己,真是不如一个孩子呀!"赵主任说到这里,声音有些哽咽。

钱科长傻愣愣地呆站着,此时不知说什么好。

(柯于明)

(题图:陈运星)

扶贫

李家村是出了名的贫困村,过去靠吃救济粮,后来又靠扶贫款。

乡里每次给底下拨扶贫款,得先派干部下来了解情况,而干部下来照例就得吃派饭。村主任于是就对管饭的户主交代:"上面来人,吃饭就安排在你家,要想办法让他吃出感情来,这件事情做得好,我们扶贫款就能拿得多。等钞票来了,给你一百块奖励。"

村干部下令,村民当然照办,何况还有奖励呢。于是乡干部一进门,被派到任务的这家村民就先端上一碗红糖茶,而后诉说过日子的艰难;到吃饭时,端上一碗热气腾腾的面条,上面再滴上几滴酱油;等乡干部吃完后,他们自己才端出薄薄的棒子粥和硬邦邦的窝窝头来吃。

目睹这样的情景，乡干部大受感动，似乎觉得自己受到的就像当年八路军的待遇，心里马上涌起一种无比强烈的责任感，于是回去后很快就给村里拨来了扶贫款。

这天，村主任得到通知，乡干部又要下来了解情况、分拨扶贫款了，于是召集村里各户户长开会，对于谁来负责接待乡干部的事，进行公开招标。村主任说："这回谁家接待工作做得好，能帮村里要来更多的扶贫款，就奖励他二百块。"

可是村主任话音落了半天，底下却没有一个人吭声。为啥？你想呀，这毕竟是替村里伸手向上面要钱的事儿，责任重大，谁敢打包票？何况还有小道消息说，因为扶贫款有限，这次申报名额很紧。

村主任看大伙儿不说话，急了："怎么，咱李家村的人难道一个个全是脓包？"

"呼"地一下，一个年近六十的汉子被村主任这话一激，立刻站了起来。此人姓王，虽其貌不扬，却是个跑过码头的人，平时鬼点子不少。他对村主任说："过去大家只知道向上面诉苦，如今这法子恐怕不一定灵了。我说主任，你奖金再加点，加到五百，法子我来想，如何？"

村主任倒也干脆："好吧，钱若是要来了，五百就五百，你好好给我想个法子出来。"

就这样，村主任一锤定了音。

时隔三天，乡干部进村，吃住就在老王家。那天晚饭桌上，老王让他女人端上六盘下酒菜，还有两瓶二锅头，老王陪乡干部一起喝。喝着喝着，老王醉倒了，被老婆扶去床上呼呼睡了，可乡干部酒兴还浓呀，于是女人接男人的班，前赴后继地陪乡干部继续喝。终于，乡干部也醉倒了，女人便扶他到事先准备好的房间里，让他睡下。

半夜里，乡干部酒醒过来，发现身边躺着一个女人，不觉大惊："你是谁?"

女人红着脸说："你们当干部的真好忘事，吃饭时我陪你喝酒，怎么转眼就不认识啦?"

乡干部细细一看，果然是女主人，而且发现，女主人居然长得这么美。但乡干部毕竟知道这样有失自己身份，忙说："不，我不能这样。"说着，就要下床。

女人急了，一把搂住他，随手"啪"一下把灯给关了……

不用说，这回扶贫款不但很快拨来了，而且比以往要多。可纸是包不住火的，事情很快就传开了，李家村这个贫困村不但穷出了名，而且在大家眼里成了一个扶不起的阿斗村。

这事引起了乡党委新上任的年轻书记的注意。

这天，年轻书记扛起铺盖一头扎进李家村，决定对这个村的贫困状况亲自做一番调查。两天下来，他走遍了村里的家家户户，和老老少少许多人进行交谈，摸到不少情况。

就在那天夜晚，年轻书记寄住的那家房东的女儿，一位高中毕业、模样长得挺俊的姑娘，推开年轻书记睡屋的门，走了进去。

她两眼盯着年轻书记，直截了当地问他："你说，我们李家村穷不穷?"

年轻书记一愣，反问她："你说呢?"

姑娘指指自己身上穿着的衣服，说："你看，我这样的衣服，现在城里人还穿吗?"

年轻书记这才注意到，姑娘身上的衣服不但已经褪了色，而且上面还打了补丁，便摇摇头说："很少，很少有人再穿这样的衣服了。"

姑娘随手解开衣服扣子，"哗"地脱去，露出了里面贴身的汗衫。她又问："你说，这样的汗衫，城里的姑娘会穿吗?"

年轻书记猛吃了一惊，因为他看到姑娘贴身穿着的这件汗衫已经破旧不堪,甚至连两个挺起的乳峰上都布满了洞眼。

年轻书记连忙扭过脸,朝姑娘挥挥手,说:"你快把衣服穿上! 要不,就赶紧出去!"

"怎么,你不敢面对现实了? 我还想请书记看看我身上的皮肉,究竟哪点比不上城里的姑娘。"姑娘一边说着,一边就要脱汗衫。

年轻书记急得大吼一声:"你要干什么? 一个有文化的姑娘,怎么如此不知羞耻?"

姑娘却坦然一笑,对年轻书记说:"嘿,要说羞耻,我前年考上了大学,因为交不起学费,不得不在家种地,这才是真正的羞耻。我们李家村吃了国家几十年的救济粮,用了数不清的扶贫款,可至今还是穷,这才是真正的羞耻。你是共产党的书记,在你管辖的地方,至今还有这么一批只知道伸手要钱的乞丐,你就不觉得羞耻?"

年轻书记不由被姑娘这番火辣辣的话说得低下了头,他心里在想:是呀,共产党如果治不了贫穷,那当初打天下干啥?

年轻书记想对姑娘说点什么,可是抬头一看,姑娘已经不见了。

据说,这位姑娘不久以后便成了李家村的村委会主任。

再后来,就传出消息:李家村戴了几十年的贫困村帽子,终于被摘了去!

（作者：苏学文；讲述者：吴文昶）

（题图：黄全昌）

四个当官的

　　小张、小林、菁菁和大胖，毕业两年后第一次聚会。四个人挑了个小馆子，喝得红头涨脸，连最秀气的菁菁也是。

　　喝着，聊着，四个人不知怎么骂起了官僚。

　　小张打个啤酒嗝，提议道："我们四个人，一人讲一个当官的故事，要真人真事。谁讲得最不好，谁付账，怎么样？"

　　小张的提议立刻被大家接受，于是他便第一个讲起来。

　　小张在一个领导小组任办公室秘书，一天，他跟着主任去分管局里办文件，谁知局长还没听完主任汇报，就沉下脸说："你们是什么领导小组？听都没听说过。现在到处都在精简机构，人员分流，你们怎么还在成立这个狗屁小组？谁批准的？"

　　主任吓得一哆嗦，声音抖颤道："是……是局里开会批准成立的。"

局长一听，不由皱紧了眉头："这个事我怎么不知道？是哪个部门牵头的？"

主任结结巴巴地说："就是局长……局长呀，局长担任的小组长。"

局长火了，"啪"地一拍桌子："我最见不得上级主管领导到下面去乱兼职，拿钱不干事，还让底下人撑着虎皮当大旗，风气就是被这些人败坏的。你说，是哪个局的局长？"

主任嗫嚅良久，战战兢兢地看着局长，只好斗胆开口道："就是……局长就是您……您……"

小张说到这里，其余三人已笑作一团："昏庸！昏庸！"

小林袖子一捋，说："我也来讲一个，保准比小张的精彩。"

小林所在部门负责扶贫工作，处长是个女的，姓洛，四十来岁年纪，却整天打扮得花蝴蝶似的，说起话来千娇百媚。

有一次，洛处长带小林去上面争取扶贫款，到了那里一看，只见几十个地方上带"长"字号的正围着领导在喋喋不休地说着什么。

洛处长和小林凑上去一听，这伙人中的一位在说："领导，您一定要支持我们，我们不会忘记您的大恩大德。这样吧，我们为您配一辆'大奔'，您以后出行会更方便一点。"另一位则说："领导，您平时工作太忙太累，一定得注意劳逸结合。我们在湖边专门给您盖了一栋别墅，这是钥匙，您有空过来住一住嘛！"

小林看着这伙人一个个谄媚的样子，恶心得差点要吐。可谁知带他去的那个洛处长听到这里却眉眼一转，不失时机地重重"哎唷"了一声，说："嗨呀，你们都有钱有办法，像我们这种苦地方的人怎么办呀？"她嚷嚷着，继而又看着领导，柔声道，"那我……我就只有住到那栋别墅里去了。"

小林说到这里，连他自己都忍不住大笑起来，大家不由大叫:"谄媚! 谄媚! 这个家伙,怎么连脸面都不要了?"

接下来轮到菁菁说了,她怯怯地思量半晌,道:"我很少出去,知道得不多,随便说一个吧。"

单位里招待上头来的人,人聚齐了,想起叫个小姐来活跃一下气氛,菁菁就是这样被叫了去的。

席上,那个上头来的官员好严肃,神色凝重地对大家说:"我先声明,饭不能不吃,但四菜一汤,千万不能超标;酒,微量。"

单位领导满口答应:"那自然! 那自然!"

可待菜盘一上桌,菁菁吓了一跳:真的是四个菜,可全是半米直径的大盘,每个盘里装着十个小盘;酒也是微量,才一箱嘛。

官员于是发话了:"这是什么意思?"一身凛然正气,令人肃然起敬。

单位领导赶紧赔笑:"都弄好了,也确实是……四个盘嘛!"

好说歹说,官员才勉强坐下,可没想当一拿起筷子来,他却比谁都吃得多、喝得多。

最后端上来的汤是一个大火锅,官员摇摇晃晃地站起来,一边招呼大家:"吃吃吃!"一边就醉眼迷蒙地伸出筷子,从桌上夹起一团用过的餐巾纸,伸进火锅里去涮,然后撩起来大模大样地往自己嘴巴里送……

别说菁菁当时看得惊讶不已,此刻她把故事讲到这里,大家都连连摇头叹息:"腐败呀! 腐败!"

最后一个该大胖说了。

大胖认得一位银行行长,笔下动辄千万上亿,却生平不受人一盒烟、一包茶,就连有来托他办事奉上一支烟的,他都朝人家摆手:"我自己有。"随后一颗颗解开中山装纽扣,把毛衣领口拉低,一只手探进去在内衣口袋里掏摸半天。只见他手越伸却低,背也佝了下去,活像一个乡下老农民在捉虱子,看得对方起一身鸡皮疙瘩。

这还不算，眼看着行长掏摸了半天，好不容易捞出一盒烟来，牌子倒是"红塔山"，可壳子已经七歪八皱得像腌菜似的，可行长却还宝贝样地拿在手里，对人家说："这烟好啊，我家门口的小店老板认得我，每一次都给我真烟。来一支？"

慌得人家连连后退。

行长于是就不再客气，把烟给自己点上，深深地吸一口，陶醉半晌，这才小心地将烟盒塞进内衣口袋，再拉好毛衣，一颗颗系好中山装纽扣，然后公事公办……

大胖说到这里，其余三个人都异口同声地哈哈笑出声来，指着他说："你这是编出来的，现在怎么可能会有这样的行长？行啦，今天这顿饭你埋单。"

大胖挺大度地敲敲桌子，十分认真地对其余三个说："埋单无所谓，但我必须声明，我今天讲的这个故事，里面的每一句话都是真的。因为，这个银行行长，就是我的父亲！"

（叶倾城）

（题图：张恩卫）

最后一份千年汤

　　中原酒店有一样招牌菜名气很响，叫"千年汤"，实际上就是炖王八，据说这道菜的配方早先还是皇宫里的秘方呢。

　　这天夜里将近十二点钟的时候，客人们都散了席，老板正准备打烊，门外突然又走进十来位客人，都是四五十岁的中年人，指名要吃千年汤。

　　老板瞅他们一眼，心里有种怪怪的感觉：一份千年汤几百块，来这儿吃的客人不是有钱的就是有权的，迎来送往大都是高级轿车，最起码也要坐个面包车什么的，可眼前这十来位都是骑自行车来的，咋看咋不像是吃千年汤的主儿。不过，有道是"生意人不撵上门客"，老板略一迟疑，还是微笑着把他们迎进了门。

　　一行人在雅间落座，老板对他们说："各位来得正巧，今天本店就只剩下最后一只王八了,大概四五斤重,论斤卖咱这儿是一百五十块一斤,东西绝对好,就是可能大了点,分量重,不知……你们看合不合适?"

这些人中有个头发斑白的立刻点头说:"就要它了,今儿咱们就是来吃王八的,个儿越大越好!"

老板一听,心想:真是人不可貌相!没准这"斑白头"还真是个大款呢!便又递上菜谱,说:"各位请看看,还要点其他什么菜?"

"不用了,我们自个儿带着呢!"一行人说着,就像变戏法似的各自从自己手提袋里掏出酒菜来。

老板一看,两只眼睛直了。原来这些人从袋里掏出来的,都是些花生米、豆腐干之类的小菜,那酒也是大街上随处可见的"一毛辣"。老板蒙了:这些人算怎么回事?

直到走出雅间,老板都没能弄明白。

没过多久,酒店门外"吱"地传来一声轿车的刹车声,不一会儿,就走进三个大腹便便的客人来。这三个客人中,有一个是县轻工局的局长汪毅奇,他是酒店的常客了,所以老板连忙上去打招呼,按老规矩把他们三人请进楼上的包间。

刚一落座,汪毅奇就对老板说:"一份千年汤,另外配几个拿手菜,再要两瓶'茅台'。"

老板一听愣住了,赔着笑说:"汪局长,真不好意思,您来晚了一步,酒店最后一只王八刚刚被楼下的客人要了去。要不您换点别的? 我这儿有上好的鱼翅,还有……"

"你小子咋这么笨呢?"没等老板说完,汪毅奇便打断了他的话头,"你不会去别的地方再买一只王八来? 要不就是借一只也行呀! 我这两个朋友可是远道而来,点名要吃千年汤的,你总不会是想让我丢面子吧?"

被汪毅奇这么一说,老板就没了词儿,于是回到前台,一口气打出去十几个电话。可也许是时间太晚，他就是没法再要到一只王八，无奈之下只好小心翼翼地再次赔着笑脸，去请汪毅奇换菜。

汪毅奇一听：什么，我局长要一只王八都搞不到？他脸顿时就拉了下来，指着老板的鼻子喝道："你今天存心和我过不去是不是？你别忘了，以前我当厂长时，哪一年不是在你这儿吃掉十万八万的？你不是说酒店最后一只王八被楼下点去了吗？我问你，楼下和楼上哪个重要？你不会想办法叫他们把王八让出来吗？我可警告你，今天你要是不给我把王八搞来，别说以后我不会再踏进你酒店一步，就连以前欠的那些钱，我一分都不会给你！"

老板吓得大气不敢出，慌忙下楼去找斑白头他们商量。但老板心里真是没谱，想起斑白头一行人的奇怪举止，他真不知道自己今天怎么过这个难关。

果然不出所料，老板走进斑白头他们那个雅间，看到人家正就着自个儿带来的下酒菜喝得热闹呢，任凭老板哭丧着脸怎么央求，这些人谁都不同意把王八让出去。

斑白头对老板说："你知道我们为啥非要来吃这王八吗？不瞒你说，咱们老哥儿几个都下岗了，今儿大家是凑份子来吃散伙宴的呀！大家琢磨着，厂长以前常来这地方吃王八，咱们就不能在分手前也吃上一回？"

被斑白头这么一说，老板真不好意思再说什么了，只好重重地叹口气，摇着头，一边嘴里自言自语道："唉，也罢，只是今后这儿再也留不住汪局长这个大主顾啦！"一边就转身走出雅间。

谁知这时候斑白头竟在背后叫住了他："老板，你说的这个汪局长是谁呀？你叫我们把王八让出来，就是让给他的？"

老板扭过脸说："还有哪个汪局长？不就是原先棉纺厂的那个汪厂长嘛，现在调到轻工局当一把手了呀。"

岂料老板这话刚落音，雅间里突然静了下来，十来个人的眼睛都盯着老板，谁也不说话。

老板吓了一跳："你们……你们认识……他？"

斑白头点点头，说："岂止是认识！好吧，既然是让给他，那……老板……"

"什么？你……"斑白头话还没说完，坐在他身边的两个人就跳起来，一把拉住了他。

他们正要说什么，斑白头给他俩使了个眼色，随后继续对老板说："老板，麻烦你去把汪局长请过来，我们敬他一杯酒，然后把王八让给他。怎么样？"

老板当然乐意，于是忙上楼去请汪毅奇。

不一会儿，汪毅奇就一脸得意地下来了，走进雅间一看，觉得众人非常眼熟，一时却又想不起来在哪儿见过。

雅间里的十来个人这时候纷纷站了起来，斑白头说："汪厂长，不，汪局长，您老人家真不认识我们了？我们都是棉纺厂的老职工，是您的老部下呀，看来您真是贵人多忘事啊！"说着，他端起一杯酒，走到汪毅奇面前。

汪毅奇觉出气氛不对，转身要走，斑白头伸出一只手把他拉住了。

"你……你要干什么？"汪毅奇的语气显得有些胆怯。

斑白头微笑着把酒杯举到汪毅奇面前，说："不干什么，我只是想请您老人家喝杯酒呀，怎么，不肯赏脸吗？"

汪毅奇吃不准这伙人要干什么，一时愣在那里，不知道这杯酒是喝还是不喝。

突然，也不知是斑白头故意还是真不小心，他手一晃，杯里的酒全洒在汪毅奇身上。汪毅奇气得直哆嗦："你……你们……"

斑白头脸一沉，高声道："怎么，汪局长生气了？你把几千万资产的厂子搞垮,还能拍拍屁股高升,你这么大的人物,连这点肚量都没有吗? 哼! 知道我们为啥一定要吃这个王八吗? 告诉你,王八,王八,不就是王一加七——你汪毅奇吗? 大家恨不能把你这个厂长炖了吃才好哪!"

斑白头说完手一松,汪毅奇一个趔趄,连连后退了几步,他吓得话也不敢说,掉头就灰溜溜地逃了出去……

(丘不让)

(题图:张　恢)

临时决定

　　于县长要调任副市长了，这天是他在县里工作的最后一天。当晚，县委和县政府设宴为于县长送行，市委组织部长也专程前来参加。

　　可是宴会开始后不久，却突然从门外走进来一个中年汉子。于县长一看，这不是十八道沟的李乡长吗？十八道沟是全县最偏远的山区，于县长一个月前曾经去过那里，于是立即起身迎上去，和李乡长握手。

　　李乡长不好意思地对于县长说："于县长，我今天是来县里送材料的，听说您明天就要离开这儿了，这会儿这么多领导都在，我不该来打搅的，可您是去过我们十八道沟的最高领导，大伙儿都记着呢，我是代表我们十八道沟的乡亲们来跟您告别的，一是祝贺,二是请于县长……不不不,是于市长,请于市长以后千万别忘了我们……"

于县长一听,不由哈哈笑了起来,他一边热情地拉李乡长在自己身旁坐下,一边说:"我怎么会忘呢,去你们十八道沟那山路真够险的,上回我坐在车里,望着车窗外那万丈深渊,心都提到嗓子眼儿啦!嗨呀,想想那些乡亲们,多不容易……对了,孙大爷身体可好?你替我望望他。"

于县长说的这个孙大爷,已经有九十高龄了,于县长在十八道沟见到他时,曾经和他在柴垛边照过一张像,可谁知回来后,于县长的秘书在冲洗照片时不小心把胶卷曝了光,于县长得知,真是懊恼不已。记得当时孙大爷曾经告诉于县长说,他活了一辈子,就只照过这么一回相,没能照成,于县长真不知这事儿怎么去向孙大爷交代。

于县长不无遗憾地给李乡长说起这个事,说:"李乡长,你代我去向孙大爷道个歉,说不定他老人家一直在盼这张照片呢。"

"道什么歉?不用!不用!"李乡长朝于县长摆摆手,说,"于县长,您别往心里去,孙大爷压根就没把它当回事儿。"

于县长一听,心里不免有些吃惊:一个深山沟里的大爷,和天天在电视上露面的县长照相,会不把它当回事儿?

李乡长赶紧解释说:"于县长,我实话告诉您吧,不是孙大爷不尊重您,他是不相信您真肯跟他照相。您一走,他就问我说:'于县长那么大的官儿,真能跟我这糟老头子照相?瞅我这穿戴,丢死他人啦。你说那机器会不会是假的,他这是哄我开心吧?'所以我说呀,于县长,这事儿过去就让它过去吧,您就别再往心里去了。"

可于县长听到这里,脸色却"刷"地变了。他沉思片刻,站起身来,对在座的各位说:"真是对不起大家了,我想请个假……现在离天亮还有十几个小时,我想连夜去趟十八道沟,和那位孙大爷补照一张像。"

为了深山沟里一个老头儿，竟……有必要这么做吗？县委书记瞪了李乡长一眼，那意思不外乎是：就你多事。

组织部长也用委婉的口气看着于县长，说："这……以后……改日再去不行吗？"

"没有改日啦，部长。"于县长摇摇头说，"老人家那年纪……这个事说明，我当了这么多年县长，还是不懂得老百姓啊！我不能让老百姓以为共产党的干部都是在吹牛玩虚的，我必须去对老人家说明白。我带个一次性成像的相机去，让大爷当场就看到照片。"

县委书记劝他："去十八道沟的路晚上不太好开车……"

于县长点点头，说："你放心，我打的去，会关照司机把车开慢点儿。"继而，他又表情沉重地转向大家，说："连一位深山沟里的老大爷都不能信任我，那么我明天还怎么去面对全市的老百姓？所以，请大家原谅，今晚我一定要跑这一趟。"

组织部长看看于县长，重重地点点头，把手一挥，说："老于，来，咱俩一起敬在座的各位一杯，随后我和你一起去跑这一趟，打车的钱算我一份！"

（顾文显）

（题图：谢　颖）

饕 餮 人 生

品美酒,享佳肴,乃人生之幸事。殊不知有滋有味的背后,总有不为人知的故事,或辛酸,或窘迫,或残酷,或智慧……

神厨

早先，镇上有个厨师，名叫张三，他身怀绝技，菜里不放丁点荤腥，就能空手做出带鱼味的菜肴，也能做出带鸡味或者带鸭味、肉味的菜肴。因为这手绝活，张三被人称为"神厨"，贫穷人家遇有喜事，又买不起多少荤菜，就常常来找张三帮忙。

张三只二十出头，个头不高不矮，品貌也很端正，他白围裙一扎，往灶台上一站，操起家伙来真是神气十足，不少未婚的姑娘总以羡慕的眼光看着他。

十里外有一个朱员外，家里有钱有势，他闻听关于张三的传言，觉得挺好奇，但又不屑找张三帮忙。不想一日，朱员外遇到一件难事，他有个独子，今年十六岁，这天，小少爷闹着要吃鱼汤面，这本来很平常，上街买两条活草鱼回来便成，可眼下是严寒的冬天,湖面上结冰封冻已经月余,市面上连鱼鳞都没有一片,莫说是鱼了。没有鱼就做不了鱼汤,没有鱼汤又何来鱼汤面呢?

朱员外无奈之下想起了神厨张三,便忙派家人去请。家人如此这般对张三一说,张三欣然应允,随车前往。

在朱员外家的灶屋里,张三只用半炷香的工夫,就做出了一碗香气扑鼻的胡椒鱼汤面,上面还撒了一把绿如翡翠的青蒜,诱人的香味飘了一屋。

当张三把胡椒鱼汤面端进堂屋时,小少爷早已按捺不住,抢过碗去就大吃起来,一边吃,一边啧啧称道:"香,真香!好吃!真好吃!"坐在旁边的朱员外闻着那香味儿,也差点流下口水。

小少爷有个姐姐,把这一切都看在眼里,她脸上飞起一片红霞,热热的目光不时地在张三脸上飘来飘去。张三走了,可朱员外家的事情更大了。为啥?朱家小姐茶饭不思,昼夜难寐,不是念叨鱼汤,就是念叨张三,才过去了几天,人就整整瘦了一圈。

朱员外急得手足无措,找来几位名医给小姐诊治,都说小姐得了心病。夫人知道女儿这是看中张三,害了相思病,急得泪洒衣襟,直催朱员外快想办法。

朱员外咬咬牙,心想:就是把女儿下嫁给这个小子,也不能便宜了他,一定要他把绝技交出来,好让我们朱家人今后有享不尽的口福,也可以因此而省了银子。

夫人一听也觉得此计甚妙,这事情于是就这么定了。

这一日,媒婆来找张三,说是朱员外让她来为小姐提亲。张三心里真是喜不自禁,原来张三从员外家回来以后,心里也念念不忘朱小姐的音容,所以当媒婆说出朱员外的条件时,张三犹豫了一下还是答应了。媒婆原以为张三不会轻易将自己的看家本领拿出来,没想他这么快就点头,估计事成之后朱员外给的赏钱肯定不会少,媒婆不禁大喜过望。

第二天,张三随媒婆又踏进了朱家的门,双方谈妥,半月之后张三迎娶朱家小姐,但这之前要先向朱家传授自己的神厨绝技,如果食言,听凭朱员外告官发落。

喜期转眼就到。这天,张三骑着高头大马,披红挂花地领着花轿在一阵吹吹打打的声乐中来到朱家。按事先的约定,朱员外特地把身边的人都退了下去,自己一人跟着张三去灶屋。

朱员外原本还担心张三的高超绝技自己能不能一学就会,没想张三这招儿完全出乎他的意料。只见张三从怀里掏出四块毛巾,上面分别绣着鱼、鸡、鸭和猪的图案,张三让朱员外分别闻这四块毛巾的味儿,朱员外不闻则罢,一闻竟惊诧不已:绣鱼的毛巾上面是浓烈的鱼香;绣鸡的毛巾上面是浓烈的鸡香;绣鸭的毛巾上面是浓烈的鸭香;绣猪的毛巾上面是浓烈的肉香。

朱员外忙问:"难道这毛巾绣什么就会有什么味儿吗?"

张三笑了,说:"员外莫急,请听我慢慢道来。这毛巾其实只是一般的毛巾,没有什么名堂,只不过是我先把鸡鸭鱼肉这些东西分别煨成浓汤,将毛巾放在里面浸上一个时辰,拿出来晾干,然后再浸上一个时辰,再拿出来晾干,这样反反复复多次。直到最后,这些东西的原汁完全渗透进了毛巾里,到需要用时,只要把毛巾扔在锅里一煮就行。上次小少爷的鱼汤面,我就是用鱼毛巾煮汤做的。"

朱员外听了,顿时像吃了大亏似的呆在那里,愣了半晌,才说了一句:"你小子,神厨原来就是这么回事啊?我真是便宜你了!"可事情到了这个地步,朱员外还有啥辙?

这时,外面的笙箫唢呐响了起来,爆竹再次鸣放,张三朝朱员外鞠了一躬,随后就兴高采烈地奔出灶屋,领着朱家小姐一路吹吹打打地回家去了。

(范学望)

(**题图**:黄全昌)

借碗头

那年,王海才十八岁,他二弟十六,都是血气方刚的小伙子。

中秋节前的一天,表弟登门来看王海的母亲,中午母亲便留表弟在家吃饭。那时候乡下真叫穷,啥东西也没有,母亲张罗了半天,也就是弄了一刀韭菜,配着两个鸡蛋炒了一碗菜,还有一个烧茄子,一碗腌酱豆。

当地有句土话:三个菜,当鳖待。这意思就是说,三个菜招待客人是不礼貌的,何况表弟还是娘家侄呢,桌上总不能不见荤腥吧?于是母亲就到邻居家去借"碗头"。

啥叫碗头?现在的年轻人都不懂。那时候因为穷,做荤菜做不起满碗满盘,就做一大碗素菜,上面再盖上几片肉,当作荤菜端出去招待客人,用来盖素菜的这几片肉,就叫碗头。碗头客人一般是不吃的,只是看看,主家端上来也就是表示个礼节,等客人走后,主家自己也舍不得吃,夹出来浸放在油罐里,下次来客人时再用。

王海家连碗头也没有,可以想见当时他们家里穷到啥样。

那天因为表弟来,母亲炒了一碗粉丝后,就到邻居家去借碗头,拿回来盖在粉丝上。端上桌前,母亲一再交待王海兄弟俩,说是再馋也不能动碗头,这碗头总共有六片肥肉,少一片都不好看,吃了就更还不起了。

王海兄弟俩听了连连点头,表示知道了。

但是王海的表弟不懂这个规矩,或者说是懂这个规矩,但是控制不住自己。因为先前,表弟根本就没朝碗头动过一筷子,吃饭的时候,尽管他和王海兄弟俩三个人的眼光一直都没离开过粉丝上面的那几片肥肉,但谁也没动过心。可是后来王海想:这样下去也太不自在了,就是不吃,劝一下也算是尽了礼数吧。于是,他就在桌子底下用脚碰碰二弟,兄弟俩便和表弟客气起来。

谁想这么一来,意想不到的事情发生了!可能是表弟太年轻的缘故,他实在经不起这六片肥肉的诱惑,在王海兄弟俩的又一次客气之后,终于犹犹豫豫地伸出筷子,夹起了其中的一片。

王海心里顿时发了毛,赶紧把目光投向坐在一旁的母亲。

母亲悄悄冲王海一努嘴,又大声地咳了一声。那意思王海当然明白,他不敢再和表弟假客气了。

然而,王海的二弟那时候也小,看到表弟夹起一片肥肉往嘴里送,馋得口水都流出来了,没等表弟吃完,就迫不及待地问:"香吗?"

表弟嘴里含着舍不得咽下肚去的肥肉片,朝王海的二弟拼命点头:"香!好香!真香!"

母亲狠狠地瞪着二弟,可是二弟没有发觉,他的注意力全在表弟的嘴上,咽着口水对表弟说:"好吃就再吃一片吧!"

　　表弟连连点头："好！好！"一边说，一边就用筷子又夹起一片肥肉。

　　母亲几乎发怒了，大喝一声："老二！"

　　二弟闻声回过头来，这才看到母亲那刀子一样剜着的目光，吓得不敢再出声了。可是这当儿，表弟已经把第二片肥肉也吞进了肚里。

　　二弟委屈地看看母亲，又看看王海。

　　此时，让王海说什么呢？他多么想让母亲让二弟也让自己都来尝尝这碗头肉的滋味儿呀，可是六片碗头肉只剩下四片，已经不够还人家了，他还怎么敢再动一筷子呢？

（邵　　健）

（题图：箭　中）

酒楼里的真实事件

一位中年男子来到酒楼，这几个月他常来，来了就找一个叫红红的陪酒小姐。这天，这位中年男子又来了，又指名要找红红。

坐台小姐笑着问他："您为什么总要找红红呢？她正在陪别的客人，可以换一个小姐来陪您吗？"中年男子摇摇头，说："不，那我就等她一会儿。"说完，他就坐在那儿，耐心地等着。

大约一支烟的光景，坐台小姐朝中年男子招招手，说："请跟我来吧！"中年男子站起身，跟着坐台小姐走进一个雅致的包房，红红小姐果然坐在那里。

红红小姐好像对这个中年男子并不是很感兴趣，她很职业地朝他笑了一下，说："对不起，让您久等了。"

中年男子忙说："没关系的,只要能等到和你见一面,我也就心满意足了。"中年男子说话间,那位坐台小姐已悄悄退出了包房,并随手把门带上了。

中年男子有点紧张,也许他自己也听到了自己"怦怦"的心跳声,他从桌上拿起菜单,递给红红小姐,说："拣你喜欢吃的点,别管价钱。"

红红小姐接过菜单,冲中年男子一笑,不过这笑却无法遮掩睡眠不足给她带来的疲倦,她点上一支烟,一边吸着,一边专注地在菜单上勾勾画画,那纤细的小手上,一片片指甲涂着银色的指甲油,亮闪闪的,就像一弯弯好看的月牙儿。

中年男子一直目不转睛地看着红红小姐,可红红小姐只顾看手里的菜单,几乎没抬起眼来好好看一看她面前的这个男人。不过,中年男子好像并不在意红红小姐对他的态度,看来他是打心眼里喜欢红红小姐,而且红红小姐越对他不冷不热,他就越是穷追不舍。或许,男女之间就是这样的。

沉默了好久,中年男子又开口了,对红红小姐说："我前几天连着来了好多次,都没找到你,你干什么去了?"

红红小姐说："我回乡下老家待了几天,我母亲病故了。"

中年男人听了一愣："家里还有什么人吗?"

红红小姐说："几年前我父亲死于一场车祸,我有一个哥哥,对我不错,可嫂嫂不喜欢我,老是和我吵架。我本不想再来酒楼,只是田里的活太苦,做不来,能上哪儿去呢? 还是来这里混日子算了。"她一边说着话,一边不停地在菜单上划着,这个菜、那个菜地乱点,好像不把中年男子兜里的钱掏光,不肯罢休似的。

中年男子叹了口气,对红红小姐说："你还那么年轻,以后的路还长着呢,为什么不离开这里,出去闯一闯?"

红红小姐笑了,不过笑得有点悲苦,说："我现在不是从家乡闯到这里来了吗?"

中年男子急了:"你不适合在这里,真的不适合。请相信我说的话,我没有骗你。"

红红小姐的眼睛盯在菜单上,好像根本就没在听中年男子说话。过了一会儿,她终于点完菜了,把菜单递回给中年男子。

中年男子看到红红小姐手腕上戴着一只很好看的手镯,就说:"你的手镯真好看,是玉的吧?"

红红小姐不由瞟了中年男子一眼,从中年男子走进这间包房起,她这还是第一次拿正眼瞧他。

红红小姐看看自己的手镯,说:"这哪是玉的? 这是假的。我们酒楼大厅里卖的玉,那才是真的呢,都是上等的好玉,都要几千块钱一个,我可买不起。"

中年男子脸上的神情突然激动起来:"你想要吗?"

红红小姐脱口道:"谁不想要? 做梦都想要呢!"

中年男子一听,忙从兜里掏出一张信用卡,塞进红红小姐手里,说:"拿去吧,你现在就可以去大厅买你喜欢的玉镯了,卡上余下的钱,我也全送给你。"

红红小姐惊呆了,手里接着卡,愣在那儿,不知该用怎样的微笑、媚态和秋波,来回应中年男子对她出手的阔绰。好半天,她才似乎想起什么来,问中年男子:"您为什么对我这么好?"

中年男子笑了,说:"因为我喜欢你,是真的喜欢,我愿意尽我所能,给你喜欢的一切。"

红红小姐一听也笑了,这一次她笑得真好看。她对中年男子说:"那我现在就去把玉镯买回来,您在这里等我一会儿。"

红红小姐这么说,其实是怕中年男子骗她,她想当场就去试一下,看看这个卡里到底是不是真有钱。说实在的,她还从来没有用过这种卡,还不知道怎么用呢。

红红小姐刚要走,中年男子又喊住了她,说:"你等一下。"

红红小姐扭过头,瞥了他一眼,脱口道:"心疼了吧?"

中年男子没有说话,匆匆从上衣口袋里掏出一张纸和一支笔,"刷刷"一写,然后把纸折叠好,塞进红红小姐手里。

红红小姐明白了:他不会白给自己这张卡的,无非是玩鸿雁传情的把戏,约自己去什么宾馆哪个房间见面,然后放上一段音乐,来一杯香槟,搞出一种谈情说爱的氛围,其目的无非就是要在自己身上占点便宜。

想和红红小姐玩这种游戏的人过去也不少,所以红红小姐根本就懒得看纸条,出门后没走几步,就顺手把它往走廊窗外扔了。看着那纸条像白蝴蝶似的在空中飘呀飘,红红小姐长长地吁了口气。随后,她一边往大厅走,一边就想着,如果待会儿真把手镯买回来了,中年男子再向她提出非分要求,她该怎么对付。红红小姐所以愿意来酒楼,就是希望能有人给她送这送那的,至于他们不管玩什么把戏,她总是能想办法来应付。总之,红红小姐的原则是以自己最小的牺牲来换取对方最大的利益。

再说此时,那中年男子正在包房里等红红小姐回来,他的情绪看起来有些激动,不能自己地在那里走来走去,脸上洋溢着兴奋和喜悦的光彩。可忽然间,他身子摇晃了一下,"扑通"一声就倒在地上,再也没有起来。

中年男子死了,死于心肌梗塞。

中年男子给红红小姐的那张卡,里面的钱是他卖肾所得,数目非常可观。但现在这张卡已经成了废卡,因为红红小姐把他写给她的纸条扔了,纸条上写着的,其实就是刷卡时需要按下的取款密码。

红红也许永远不会知道,她其实就是这个中年男子的私生女……

(刘黎莹)

(**题图**:安玉民)

一道招牌菜

　　某市有一位很有名气的业余作者,姓董,名字说出来相信大家都会有些耳熟,这里就姑且称他董先生吧。

　　在春暖花开的五月,董先生突然收到一封邀请信,是《新文学》杂志社的刘编辑寄来的,董先生有一篇文章就是由刘编辑编发的。

　　刘编辑在信上说,全国各文学期刊这几天正在省城开交流会,希望董先生能去和大家见见面,他也好借此机会介绍其他刊物的编辑与董先生认识一下,大家交个朋友。

　　董先生读罢信真是喜出望外,出发的时候,他的心情如五月的阳光,灿烂得不得了。

　　董先生与刘编辑其实也是头一次见面,可刘编辑见了董先生，就像见到多年的老朋友似的，热情地又是握手又是问好，接着就把董先生介绍给其他刊物的几位编辑。

这几位编辑编发的刊物也时有董先生的大作发表，所以彼此一见，似乎都有些相见恨晚的感觉。编辑们都说董先生大名如雷贯耳，还望以后能多多给他们刊物赐稿。

董先生被编辑们一夸，还真来了点儿大作家的感觉。

中午，编辑们邀董先生去"天然居"聚餐。这天然居是一家很有特色的饭店，董先生心想，这可是个和编辑们拉近关系的绝好机会，所以就抢着要做东。在董先生的一再坚持之下，编辑们只得含笑点头。

刘编辑是当地人，他介绍说，天然居的招牌菜是"烩血肠"，是用猪血、猪大肠、大白菜、香菇、木耳等原料，再加上特制的调料精心烹制而成，如此佳肴，不可不尝。于是他首先为大家点了一盆烩血肠。

当地饭店的规矩是菜肴随点随上，就在董先生与其他几个编辑为点菜而互相推让时，刘编辑点的一盆热气腾腾的烩血肠已经由服务员端上了桌。刘编辑于是招呼大家说："诸位先趁热吃，吃完了，再点别的菜。"

这烩血肠真是名不虚传，董先生吃得满嘴生香，连连称好，众编辑也交口称赞："不错，不错。"

刘编辑三句话不忘老本行，立即感慨道："这道菜哪，简直就跟董先生的文章一样，内涵丰富，味道醇厚，令人读了爱不释手。真是好菜！好文章啊！"

董先生当面听到刘编辑对他文章如此高的评价，自然是喜在心头，一张脸笑成了一朵花，他双手抱拳，连说："过奖，刘老师太过奖了。"

一盆烩血肠很快见了底，一位姓王的编辑于是叫来服务员，说："既然大家都喜欢吃，那我再点一个，干脆让大伙儿过足瘾。"

很快,第二盆烩血肠又端了上来,不过,这一盆上来,就不如第一盆那么抢手了。

王编辑夹了一筷子扔进嘴里,闭着眼睛品了品,然后点头说:"味道虽不及第一盆那么诱人,但细品下来仍然回味无穷。我看,这也像董先生的大作,读第二遍时,虽然少了点新意,但韵味犹存,佩服!佩服!"

王编辑的这个评价也不低,董先生得意地连连摆手:"王老师,不敢当,不敢当呀!"

酒过三巡,董先生又请大家点菜。

盛情难却,几位没点过菜的编辑互相看了一眼,不由自主地一起站起来说:"我们去大堂样品台看看,还有什么特色菜。"

过了一会儿,这几个编辑回来了,后面还跟着一个服务小姐。

服务小姐袅袅娜娜地端着一盆菜过来,往桌上一放,甜甜地报了菜名:"烩血肠。"

董先生心里一惊:怎么还点烩血肠?

那几个编辑中一位姓马的哈哈一笑,说:"这是我点的,好东西嘛,多多益善!"说着,他举起筷子挑了一块肥肠放进嘴里,说:"这第三盆虽然不如前两盆那么解馋,但也不是一无可取。这跟看文章一样,好的文章读第三遍也是有吸引力的,那些传世之作,更是百读不厌,对不对,董先生?像阁下的大作,读个三遍五遍,也不会感到味同嚼蜡啊!"

董先生一时听不出马编辑这话是夸自己呢还是贬自己,心里不禁隐隐有些不安起来,只好胡乱地点点头。

这第三盆烩血肠上桌后,大伙都没了兴趣,每人只勉强伸了伸筷子,就再也无人问津了。

可要命的是,服务小姐这时又端了一盆烩血肠上来,董先生一看险些晕倒:天哪!这算怎么回事?

一个姓牛的编辑不好意思地说："我看大家那么爱吃，就照方抓药也要了一盆。"

见别人不动筷，牛编辑便自己拿起筷子从盆里夹了一块，放进嘴里。可嚼了两下，他突然"呸"地吐了出来，苦着脸说："怎么回事？这味道怎么变得臭烘烘的？呸呸呸！"他感慨万千道，"看来，百吃不厌的菜肴是没有的，百读不厌的好文章也很少见哪，对不对，董先生？"

董先生就是再笨，此时也听出对方话里的意思了，他如坐针毡。

这时候，一直不大出声的一个姓杨的编辑猛地一拍大腿，懊恼地说："糟糕，我点的也是烩血肠，我这就让服务员去退掉。"

可是晚了，服务员说已经炖上了，不能退。

杨编辑只好苦笑着对大家说："这没办法，这跟咱办杂志一样，已经定稿排版，撤不下来了。"

第五盆烩血肠，就这样又上了桌。

杨编辑捏着鼻子，皱着眉头，对众人说："相信大家现在肯定都没有胃口了，这盆菜虽然挺值钱，结果也只能倒掉。唉，这么好吃的菜，可反复吃，终究也吃厌了。董先生，请教一下，你的大作，有没有人喜欢看五遍六遍的？"

董先生的脸涨得通红，嗫嚅道："我又不是文学大师，哪会有人看五遍六遍的？"

杨编辑却一本正经地接口说："不对吧？上次我们杂志用了你一篇文章，马上就有许多读者来信，说他们已经拜读过好几遍了，而且是在不同的刊物上读到的。他们还说，你这篇文章应该被评作今年最具影响力作品，理由就是它在多家刊物上都登了。"

董先生一听，脸上红一阵、白一阵，恨不得马上钻到桌子底下躲起来。他擦擦额上的汗，嗫嚅道："对……对不起，是我不对，我不该……不该一稿多投，以后我一定……"

看着董先生这副窘样，众编辑不由捧着肚子笑弯了腰。

刘编辑朝董先生摆摆手，说："董先生，我这次请你来，主要是想向你约稿。至于今晚大家这么做嘛，其实是故意和你开玩笑的，发生这事儿我们也有责任，你是文学新人，有些规矩也怪我们事先没有给你讲清楚……"

董先生没想到刘编辑竟对自己如此厚爱，他简直有些感激涕零了，拍着胸脯说："我以后一定会尽我的全力给你们投稿，不知道……不知道你们需要哪方面的稿子？"

编辑们一听，互相眨眨眼睛，齐声对董先生说："道歉信！你首先要在刊物上公开向读者道歉！"

"公开道歉？"董先生心里顿时像打翻了的五味瓶，什么味儿都涌了上来。回家后，他足足用了两天时间，写出一篇感情真挚的道歉信，复印后分别给各家编辑部寄出去。

猛地，他心里一顿：不对啊，我这是不是又一稿多投了？

（黄　胜）

（**题图**：魏忠善）

做人要有分寸

　　这天,小李带儿子去一家叫好再来的饭店"开小灶",他点了几个儿子最爱吃的菜,父子俩着实有滋有味地品尝了一番。

　　用餐完毕后,小李示意老板埋单。

　　老板说:"一共一百二十块。"

　　"多少?"小李愣了愣。

　　老板不耐烦地重复道:"一百二十块。"

　　小李经常带儿子在外面吃饭,就这么几个菜,别的饭店也就六七十块,而今天这家饭店怎么就要一百二十块?老板这不是狮子大开口吗?

　　小李当即脸一沉:"老板,你要价也太贵了点吧?"

　　"嫌贵就别来下馆子。就这价,少一分也不行!"老板也把脸一沉，回应小李。

　　碰上个黑心老板，小李心里连连叫苦，可饭吃到肚子里吐不出来的呀，小李只得自认倒霉，从衣兜里掏出了钱包。

　　带儿子出来的时候，小李没想到一顿饭要花一百二十块，他钱包里只有一张面值一百块的钞票，这可如何是好？没办法，他只好红着脸对老板说："老板，我今天只带出来一百块，要不我先给你打个欠条，这就回家取钱去？"

　　老板的脸顿时拉得老长，鼻子一哼，说："笑话，少来这一套！你要是走了不回来，我到哪儿找人去？你这种花样我见得多了。得，给现钱，否则就别想走人！"

　　"要不，我把身份证押你这儿，我马上就回去取钱？"小李又从钱包里掏出身份证，递给老板。

　　谁知老板看都不看一眼，歪着脖子说："身份证顶屁用？假冒证件有的是！我看你还是别要花招了，趁早乖乖地把钱给我掏出来。"

　　碰上这么个既黑心又难缠的"蒋门神"，小李万般无奈。他想了想，把身上穿的西装脱了下来，对老板说："我把衣服押你这儿，这总行了吧，我这件西装怎么着也值一百二十块吧？"

　　老板还是不答应："我才不上你当呢！不行，你今儿个就得给我现钱。"

　　小李心里真是说不出的憋屈，他窝着一肚子火，一把拉过身边的儿子，气冲冲地说："我把儿子押你这儿，给你个大活人，总行了吧？"

　　儿子瞪着眼睛，看看父亲，又看看老板，脸涨得通红。

　　老板笑了："我要你儿子干什么？再说，这孩子怎么长得一点也不像你？谁知道他是不是你亲生儿子！"

　　小李一听，气得差点吐血，老板宰人不算，这不分明是在成心刁难吗？他一瞥眼，看到吧台上有个电话，就强忍着怒火说：

"老板,借我电话用一用,我打电话叫人把钱送过来。"

谁知老板竟一阵冷笑:"小子,你别和我耍花招。你以为我没看见?哼,刚才你掏钱包的时候我就看到了,明明钱包里有钱,你就是成心和我赖账。"说着,他出其不意地一把抢过小李手里的钱包,三下两下果然从里面翻出一张一百块的钞票来。

老板从抽屉里拿出八十块找零扔给小李,斜眼道:"小子,想和我耍赖你还嫩了点!"

在众人的嘲笑声中,小李悻悻地拉着儿子走出了饭店。

一出门,儿子就埋怨小李:"爸爸,你钱包里有钱,为什么不给人家?"

小李叹了口气,说:"那钱是不能给人家的。"

"为什么?"儿子奇怪地看着小李。

小李说:"那一百块是张假钞,我已经在钱包里放好久了,因为手头忙,一直顾不上送到银行里去,想不到今天被这个老板拿去了。"

儿子一听,立刻叫起来:"爸爸,那我们不告诉老板,是不是也不对?"

小李看着儿子,沉吟半晌,点点头说:"你说得对!好儿子,爸爸听你的!"

想了想,小李对儿子道:"做人是要有分寸。不过,这个老板我也要好好数落数落他!"说完,他拉起儿子,转身又向好再来饭店走去……

(小 禾)

(题图:蔡解强)

王顺狗肉火锅店

　　王顺今年四十岁,前些日子下岗了,他东拼西借凑了一笔钱,在县城一个偏僻得不能再偏僻的地方租了一间屋,挂上"王顺狗肉火锅店"的招牌,鞭炮一响,火锅店就开张了。

　　王顺知道,自己这店地段是太偏僻了点,店面也小了点,可是他相信,只要服务跟上,就一定能吸引顾客。有句话不是说得好,"酒好不怕巷子深"嘛!

　　为了让顾客吃得满意,王顺的狗是现杀现剥现洗,而且他自己亲自掌勺。果不其然,自打送走第一批客人,他这火锅店的口碑就来了,找上门来的顾客从此越来越多,天天把店堂爆满,王顺忙得汗流浃背,不亦乐乎。

　　这天,王顺火锅店门口突然开来一辆黑色轿车,可没想车门一开，先下来的竟是两条黑色的小长毛犬。一看它们身上那绢丝般光泽的长毛，王顺就知道来的不是一般客，因为这是一种很高贵的名犬，是有钱人家的宠物。

王顺不明白：这样的有钱人，怎么也会到我这种小店来吃火锅？再说，主人来吃也罢了，怎么把狗也带来了呢？难不成让它们来尝尝同类的味儿？

只见车上接着跳下几个西装革履的先生，其中一个胖子指指那两条小长毛犬，对王顺说："拿去！"

王顺一愣，没反应过来。

"不明白？"那人一脸傲气，对王顺说，"我们只要你的手艺，明白了吧？"

王顺突然反应过来，"你们要我杀这两条小狗？"他不禁惊讶万分，"这么名贵的狗，把它们杀了？况且它们也太小了点吧？"

"哈哈哈哈……"那几个人一听王顺这话，全都狂傲地大笑起来，这笑声让王顺听了很是刺耳。

胖子对王顺说："不就是两条狗吗，怎么那么多废话？你知道我们是什么人？就吃你卖的那种草狗？"见王顺站着没动，他鼻子里又哼了一声，"嘿，不就是几个钱嘛，放心，一分也不会少你的。"

可王顺实在于心不忍："这么名贵的狗，又这么小，拿来杀了吃实在太可惜了。"

不料，他这话又引来那几个人一阵刺耳的笑声。

就在这时，不远处忽然传来一声尖利的刹车声和狗的惨叫声，王顺抬眼一看，只见一辆摩托车停在路中间，车轮子边上躺着一只小长毛犬，地上还有一摊血。原来刚才双方只顾说话，谁也没注意，两条名犬中的一条竟蹿到马路上去了。

这当儿，摩托车的主人正不知所措地站在那儿，看见王顺几个朝他走去，嘴里一个劲地连声说："对不起，真是对不起！"

本来已经是要被杀了吃的狗,现在被摩托车撞了一条,王顺本想看看它的主人会有什么反应,可是还没等那些人说话,躺在地上那条已经奄奄一息的小长毛犬,这时候突然一跃而起,然后一瘸一拐地一直跑到蹲在轿车前的另一条小长毛犬身边,朝它张张嘴,"噗"地吐了一口,这才"通"地倒在地上。

王顺不知道它到底是怎么回事,就赶紧奔过去看,这才发现小长毛犬从嘴里吐出的,竟是一块骨头。王顺心里猛地一震:即使在生命垂危的时刻,这小家伙居然还想着要把骨头带给它的同伴。他心里顿时涌上一股说不出的滋味!

只见这条小长毛犬躺在地上一动不动,它已经死了,而另一条活着的小长毛犬呢,此刻就温顺地趴在它身边,伸出粉红色的舌头,不停地舔它身上被血粘成块的长毛。它舔得很慢,很专心,王顺看在眼里,心里酸酸的。

那个胖子这时候走过来,对王顺说:"好了,这下你连狗都省得杀了。"

跟在他后面的几个立刻"哈哈哈"地哄笑起来,张狂的笑声在王顺听来,简直如同鬼哭狼嚎一般,令他恶心和愤怒。

王顺一声不吭地去灶房拿来铁锹,怜爱地拍拍那条蹲在地上的小长毛犬,然后抱起它那个已经永远闭上了眼睛的同伴,往不远处的田野里走去。

胖子见了,朝王顺大叫:"你干吗去?我们还等着你杀了这个小畜生下酒呢!"

"滚!"王顺回过身来,朝胖子几个大吼一声,举起铁锹,摆出一副拼命的样子。

第二天,王顺火锅店没有开门;第三天,第四天,门依然关着……

(景 天)

(题图:安玉民)

坏了规矩的人

　　许大康是个卡车司机，这天接到公司任务，要他运一批手机到邻省去，经过一天一夜的行车，他终于把货运到了目的地。

　　那里是个繁华的城市，许大康人生地不熟，怕走岔道，于是就把车停在一个停车场里，然后给对方打电话。对方表示马上就派人和车来，就地卸货。

　　果然，十几分钟后，对方的人和车到了。让许大康惊喜不已的是，来人中居然有一个他熟悉的面孔。谁？此人名叫张小民。

　　要说许大康和张小民的关系，那可不一般。

　　两年前的一个晚上，许大康在回家路上发现有几个黑影正在对一个人拳脚相加，他一看就知道是本地的小混混在抢劫，于是朝他们大喊一声："警察来了！"那几个小混混一听，拔脚就逃，而那个被打的人就是张小民。当时张小民正发着高烧，许大康就把他送去医院，还精心照料了他好几天。

张小民感激地对许大康说："许哥，你的大恩大德我永远也忘不了，我一定会报答你的。"许大康朝他笑笑，他告诉张小民，他这人天生的路见不平，并不是为了图报答才拔刀相助的。

张小民本是个过路的，这一走就是两年多没有消息，眼下突然在这样的场合见面，两人都显得又是意外又是欢喜。张小民紧紧地握着许大康的手，说："许哥，我一直惦着你，可因为太忙，总没能去看你。今天你来了，走，我请你去吃大餐。"

许大康担心这一卡车手机的安全，对张小民说："吃饭不急，你们先把货验收了，我们再去一醉方休。"

张小民一听，嗔怪说："看你说的，我还会不相信你？咱们先吃，吃了再验货。"说着，他留下两个人看车，自己就拉着许大康走进停车场隔壁的一家酒店。

张小民点了满满一桌菜，还要了好几瓶酒，说是一定要和许大康喝个一醉方休。许大康见货物已经安全送到，又有人看着，也就放宽心开怀畅饮起来。

等到酒足饭饱，张小民才拉着有些迷迷糊糊的许大康走出酒店。许大康只想张小民快点收货，自己好去旅馆美美睡上一觉，可来到停车场一看，只见两个看守的人倒在地上，而卡车上却空空如也，一箱箱手机已经不见了影子。

许大康吓得魂飞魄散，酒顿时就醒了。他忙把那两个看守的人摇醒，一问，都说刚才不知道怎么回事，突然就昏了过去。许大康一听傻了眼，一屁股跌坐在地上：这么多手机丢了，就是把自己卖了也赔不起啊！看着站在那里一脸木然的张小民，许大康心里突然冒出一个念头：这事儿会不会是他预谋的？

警察接到报案，第一反应也是怀疑张小民，而且两个看守的血液里的确有迷魂药的成分，这可能是张小民用的苦肉计，但由于找不到证据,只好让许大康先找个地方住下来再说。

许大康住进旅馆后,心里气鼓鼓的,想去找张小民问个明白,却发现张小民不知什么时候已经突然消失了,因为打他电话总是关机。许大康本来只是怀疑张小民,这下确信无疑了。

再说公司那边,得知此事后非常愤怒,许大康知道,如果要不回这批手机,他就别想再回去了。他决定留下来等待结果,不给个说法,就是回去了,他也没法向公司交代呀。

这一等就过去了很多天,许大康口袋里的钱越来越少,不得已,他只好换一家更便宜的旅馆,每天只吃两顿馒头。

这天,许大康数数身上的钱,发现只剩下五十多块了,他心里真是又着急又伤心:与其这样天天拖着苦等,不如痛痛快快把钱花了想个办法出来。想到此,他就裹紧外套走出了旅馆。

走进附近一家小饭店,许大康要了一瓶酒和一个炒菜,慢慢喝起来。酒一下肚,压抑在心头的悲愤"嗖嗖嗖"地直往上冒,借着酒劲,他便一口一声地骂起张小民来。不知过了多久,他突然发现怎么身边站了个长着一脸麻子的老乞丐,可能是被酒香引进来的,只见他两只眼睛直直地盯着许大康桌上的酒瓶子。

许大康一乐,也好,多个酒伴嘛,于是就叫服务员添双筷子,邀老乞丐入座。

老乞丐咧开一嘴黄牙,朝许大康拱拱手,说:"那就多谢了!"他坐下后,自说自话地把酒瓶子打开,拿起一瓶酒就直接往嘴里灌,"咕咚咕咚"立马就将小半瓶酒灌了下去,然后长吁一口气,说:"刚才我在你身边都听说了,你被一个叫张小民的骗了吧?"

许大康叹了一口气,说:"人啊,犯什么错都可以,就是朋友不能交错。"

老乞丐一边听,一边狼吞虎咽地夹着盘里的菜吃,只一会儿工夫就将盘子扫了个空,这才拍拍肚子:"你去跟这个张小民说,叫他把货还给你。记住,你就对他说,这话是麻哥说的。"

"你……"许大康一听惊呆了:这老乞丐是不是喝糊涂了?

可是老乞丐却朝他眨眨眼睛:"记住,你就这么去对他说。"

许大康犹疑道:"可我不知道张小民他现在人在哪儿啊?"

老乞丐当即丢给许大康一个条,说:"打这个电话就行。"说罢,打了个饱嗝,然后就一摇一晃地走了。

许大康看着他的背影愣了很久,回过神来后打开纸条一看,是一个手机号码,他立刻从口袋里掏出手机,按号码打了过去。

电话通了,果然,那头是张小民的声音:"喂,谁啊?"

许大康气得说不出话来,半晌才吼道:"是我,许大康!"

张小民好像很吃惊:"是你? 你怎么知道我这个号码的?"

"你管我怎么知道的! 告诉你,你快把货还给我,这是麻哥说的!"

"麻哥? 哪个麻哥?"突然,张小民倒吸了一口冷气,"你说的是……麻哥?"

许大康不容置疑地加重语气道:"对,就是麻哥!"

张小民的口气突然变得非常热情,说:"许哥,你现在人在哪儿? 我立刻就过去。"

许大康见张小民态度变得这么快,知道是"麻哥"发挥了作用,于是就把小饭店地址告诉他,随后就在门口等着。

没多久,张小民坐着出租车来了,大老远地就朝许大康伸出手来,下车后连连赔笑说:"实在抱歉,我这些天太忙。你怎么样?"

许大康冷笑着说:"托你的福,我还没死。哼,老天见我可怜,让我认识了麻哥!"

张小民尴尬地搓搓手,说:"我真不知道你是麻哥的朋友。这样好吗? 我把货全都还你,不过你也要立刻离开这个地方。"

许大康气愤地看着他,说:"这么说,你承认是你拿走了我的货? 想当初我救了你,你说要报答我,难道你就是这样报答我的？你还不如改名叫小人的好！"

张小民脸上毫无表情，朝许大康耸耸肩，说："这是游戏规则，我也是'人在江湖，身不由己'。怎么样，你答不答应？"

许大康"嘿嘿"笑道："你要我立刻离开，是要我放过你？哼！我若是放过你的话，还不知道有多少人会再上你的当！告诉你，我已经用手机把你刚才说的话录下来了，我这就报警。你还有什么话想说，就自己对警察说去吧！"

张小民没想到许大康会这么做，愣住了。顿了顿，他加重语气说："不瞒你说，这其实是我跟麻哥达成的协议，是麻哥要你立刻离开这里的。"

许大康一想到麻哥，心里就涌上一阵温暖，虽然他到现在也不知道麻哥到底是一个什么样的人，可是仅凭他能让张小民把货吐出来这点看，他一定不是个普通人，也许真是个黑社会老大。不过，既然他跟张小民达成了协议，说明他也不愿把这事儿闹大。许大康看多了警匪片，知道黑道有黑道的规矩，也罢，就算报答这个好心的麻哥吧！于是便咬咬牙，把刚才用手机录的音，当着张小民的面删掉了。

许大康恨恨地对张小民说："今天我放了你，但只要你还继续这样做，就一定会有收拾你的一天！"

张小民只是朝许大康笑笑，什么也没说。

很快，许大康就拿回了全部手机货，去派出所销了案。他把货运回去后，虽然受到领导的严厉批评，但饭碗总算保住了。从这以后许大康吸取了教训，发誓再不在外面随便喝酒了。

三个月后，许大康再次运了一批货来这个城市，顺利交接后，他在旅馆开了个房间休息。想到几个月前自己在这里的遭遇，他怎么也睡不着，于是便打开了电视机。

当地电视台正在播放新闻，说是一个以骗送货司机为生的黑帮内部发生械斗，死了一个人。凶手交待说，他们内部分成两派,一派以张小民为首,一派以这个凶手为首。三个月前,张小民骗来一批手机,这个凶手听说后为了争功,就在第一时间抢先把手机弄到了手。按他们帮里的规矩,货未到手前谁都可以抢,但一旦到手后就像盖了印一样,别人对这货就不能随便动了,可张小民却硬是想尽各种办法把手机抢过去还给了那司机,凶手怀恨在心,于是就把张小民杀了……

这条新闻把许大康看得个目瞪口呆,他哆嗦着关了电视,直觉得在房间里憋得慌,就走到旅馆门外去透气。

没料一出门,许大康一眼就看到麻哥,正在前面那个垃圾堆里找食物,他忙上去打招呼。

麻哥也还记得许大康,两只眼睛滴溜溜地直往旅馆旁边的小饭店瞄。许大康索性就邀麻哥走进小饭店,要了一瓶酒给他,趁他喝得痛快的时候,问起了张小民的事。

麻哥闭上浑浊的眼睛,想了半天,对许大康说:"我记起来了,当时我正在那个饭馆门口乞讨,你说的那个人走过来,给了我一百块,要我进去对你说那些话……"

许大康一听震住了,他突然明白:这个老乞丐根本就不是什么麻哥,真正的麻哥其实就是张小民自己。张小民很可能没想到来送货的是许大康,也许就是在彼此见面的那一刻,他决定放弃这笔"生意"了。但是他没料到他的同伙会突然把货劫走,这让他心里很内疚,于是便不顾一切地去抢了回来,但又怕许大康知道真相后会有麻烦,这才有了麻哥一说。

许大康心里默默地对自己说:"张小民不是个好人,但对自己的救命之恩却是要牢记在心的!"

张小民为此而横遭杀身之祸,这让许大康心里涌上一股无法言喻的滋味,他流着泪叫道:"老板,再加一个酒杯!"

(吴宏庆)

(题图:刘斌昆)

"佐餐"笑料

妙趣横生的餐桌段子,茶余饭后的聊侃话题,博您一笑。

酒魂

清朝末年,云雾山地界上强盗横行。

这天半夜,一个叫高盛老店的栈房里,十来个男女路人刚歇下脚,一伙蒙面强盗就闯进来,二话不说把他们连同随身财物摁进一个个麻袋里,然后扔到了大车上,拉起就走。其中一个叫仇三郎的路人被压在最底下,闷得连气都喘不过来。

大车"吱呀吱呀"地走了大半夜,直到第二天早上才在云雾山上一个大庙前停下来。车上的麻袋一个个被拽下地,解开袋口,仇三郎这才从麻袋里爬出来,深深地吸了口气。

仇三郎四下一看,发现一个满脸大麻子的人正得意洋洋地坐在庙前的空地上喝酒,像欣赏猎物一样地看着男女路人们一个个哆哆嗦嗦地从麻袋里爬出来。仇三郎心里明白了:这个家伙肯定就是人们传说中的麻子匪首刘奎,看样子这里就是土匪的老巢了。

果然,大麻子咳嗽了一声,仇三郎他们就被几个小土匪带到早已摆放好的一排桌子前,勒令给家里写信,让家里人拿钱来赎他们。

大麻子警告说:"你们都给我听着,有不服者当众宰杀,要么索性就丢进山里去喂狼。"

仇三郎脑袋瓜子一转,眨巴眨巴眼珠子,对大麻子说:"我说好汉爷们儿,咱颠了半宿啦,给咱壶酒喝喝行不?喝了酒,我就给我爹写信,让他多带点儿钱来赎我。"

"好,爽快!"大麻子指指身边一只没启封的酒坛子,对仇三郎说,"老子今天破个例,这坛老酒让你喝个够。不过有个规矩,你得一口气把这坛老酒喝完,要是剩下了,我可得叫人掐着你的鼻子给你灌下去。"

仇三郎二话不说,抱起酒坛子就"咕咚咕咚"朝嘴里灌起来。

谁见过这种喝法?别说是酒啦,就是水,能一口气喝下一坛子,也得把肚子撑个半死。这时候,旁边不管是与仇三郎一起被劫来的路人,还是山上的土匪,一个个都傻了似的瞪眼瞅着仇三郎。

只见仇三郎不一会儿就把这只酒坛子里的酒喝了个精光,他把酒坛子轻轻往地上一放,抬手抹了一下嘴巴,朝大麻子挤挤眼睛,然后仰起头,鼓起嘴巴,只听"噗"地一声,从嘴巴里吐出一团浓浓的酒雾,酒雾里,一个黄色的光球若隐若现。

酒雾迅速向四周弥漫开来,众土匪还没弄明白到底是怎么回事儿,酒雾已经把大庙前的整个空地给笼罩起来了。众土匪,包括那个大麻子匪首,还有一起被劫来的路人,还没来得及出声,就都一个个被醉倒在了地上,就连天上飞的鸟,地上跑的兽,也被醉倒了一大片。

直到这时候，仇三郎才猛吸一口气，把那个黄色的光球吸回到自己嘴里。

"哈哈哈!"仇三郎仰天大笑，他知道，是自己多年的喝酒经历，铸就了与酒的奇特缘分，是神奇的酒魂救了自己的性命。

仇三郎正得意哩，突然一个银铃般的声音在他身后响起："大哥好身手啊，什么时候练的这个本事?"

仇三郎回头一看，自己身后正笑嘻嘻地站着一个姑娘，仇三郎觉得有点面熟，喔，想起来了，她正是和自己一起被劫来的路人。仇三郎不禁觉得奇怪："咦，你怎么没醉倒?"

"醉?"姑娘笑了，"我可没那么容易就被醉趴下，我和酒的缘分不比你差，不信咱们比试比试?"

仇三郎一听，愣住了。可是现在哪还顾得上与姑娘斗嘴，和自己一起被劫来的那些路人还都倒在地上，得赶紧把他们弄醒，大家一起逃命要紧。

仇三郎朝姑娘摆摆手，随后赶紧去找木桶，提了满满一桶水，挨个把那些路人冲醒，让他们赶紧走人。他自己最后一个离开的时候，一咬牙，从脚边一个小土匪手里捡起一把匕首，闭着眼睛就朝那个大麻子匪首的脸上刺下去："哼，你这个祸害头，我叫你以后没脸见人!"

可谁料，这一刀子下去，大麻子愣是没有痛醒，只是用手捂了一把脸，翻了个身，又沉沉地睡了过去。

仇三郎是头一次碰刀子，一见大麻子这副样子，他自己反倒吓傻了，扔下匕首拔腿就跑。跑出没多远，仇三郎就听后面有人喊他："嗨，大哥，你怎么也不等等我就跑啦?"

仇三郎回头一看，是刚才那个说要和他比试比试的姑娘，背着一个挺沉的大包袱，跌跌撞撞地追了上来。

仇三郎脱口道："好你个丫头片子，捡了条命还不快逃，你不想活啦?"

"嗨,丫头片子是你随便叫的吗?"姑娘快人快语地说,"告诉你,我叫古九妹,以后你得叫我大名。亏你还是个男人哩,他们大老远把我们劫了来,就这么走,也太便宜他们啦,总得让他们吐点血吧? 你不知道,他们老窝里金银财宝还真不少,我去挑了些值钱的背来了。你这傻大个,跑那么急干什么? 要不,我还能多拿些哩!"

"嘿嘿,看不出来,你还挺财迷的嘛!"仇三郎笑她,"这么老沉的东西,你能背回家吗?"

"不是还有你吗?"古九妹说,"你想扔下我自己开溜啊? 别那么绝情好不好,咱们不是还要比试比试的吗?"

仇三郎连连摇头:"一个姑娘家,跟个大男人比喝酒,你家里人知道了,还不得打死你啊?"

"家里人?"古九妹的神情立刻暗淡下来,"我没有家了,我四海为家都好几年啦,早习惯了,这次能遇上你,也是缘分不是?"

仇三郎听她这么说,想想莫非真有缘分在里头? 于是脚步慢了下来,两个人一路走一路说,果然越说越投缘。

走着说着,就这么又回到了高盛老店,两人觉得要说缘分应该是从这里开始的,就决定还在这里歇脚,于是便要了一壶酒,相对而坐,继续聊。

话匣子一打开,两个人越谈越觉得相见恨晚,最后一碰杯,古九妹对仇三郎说:"三郎哥,来,咱们干完它,不是说好要比试的吗?"

仇三郎不放心地问:"九妹,你能行吗? 可别伤了身子。"

好久没有得到亲人的关心了,仇三郎一句简简单单的问话,把古九妹感动得差点儿没掉下泪来,她回答仇三郎说:"没事,我和酒有缘分着呢!"

于是,两个人满满当当地干了一杯。

只见仇三郎一大碗酒喝下去,把嘴张开,一团酒雾裹着一个黄色的光球,慢慢地又从他嘴里飘了出来。不过,这回这团酒雾并不弥漫开去,就像个气球似的裹紧着在空中飘荡。

古九妹一瞧,笑了,也张开嘴巴。不得了,就见从她的嘴巴里也飘出一个充溢着浓浓酒香的雾团,雾团里的光球却是红色的。

两个雾团在空中上下飘舞,旋转着,追逐着,哪知不一会儿竟合成了一个,雾团里的红、黄两个光球也慢慢地粘合在一起,形成一个白色的实体,越来越清晰,越来越清晰,最后变成了一颗晶莹的酒珠,滴落进了放在桌上的酒壶里。

仇三郎和古九妹急得都撅起嘴巴想把酒珠吸回去,两个人几乎同时往酒壶上凑,结果酒珠没有吸住,两个人的嘴巴却吸在了一起——他们再也不想分开啦!

比试没分出胜负,却铸成了一个酒魂珠来,这个结局是仇三郎和古九妹没有想到的。当晚,他们两个人就结成了夫妻,后来一起回到仇三郎的老家,在镇上开了家酒店,过起日子来啦。

(孙绍禹)

(**题图**:黄全昌)

酒女

　　这故事有些年头了,说的是镇上有户人家,爹妈一心想生个儿子,可连着生的都是闺女。

　　生下第五个后,当爹的再也提不起精神了,于是就说:"罢罢罢,到此为止,就把她当个儿子养吧!"

　　这闺女取名叫久女,此后,久女穿的是男娃衣,剃的是男娃头,说话走路的神情也活生生是个男娃样儿。不曾想,到了谈论婚嫁的时节,久女跟镇上一个小伙子恋爱了仨月,该干的事都干了,只等吹吹打打娶进门了,不料小伙子却一脚把久女给蹬了,理由是嫌久女大大咧咧,毛毛糙糙,没有一点女人的温柔劲儿。

　　那天,久女伤心透了,走进镇上一家小酒馆,要了一瓶二锅烧,她要学戏里的女人一样借酒浇愁。

店老板认识久女,见她要白酒,不禁犹豫了一下。

久女火了,朝他一瞪眼:"咋的,怕我赖账?"

店老板敌不住久女那眼神,只好把白酒给了她。

久女从来没沾过白酒,但眼下不同,就是毒药,她也敢喝。她先往一只能装二两的杯子里倒了满满一杯,两眼一闭,一仰脖,顿时,那白酒就像一团火,从喉咙直滚进她的肚子,久女感到浑身有一种说不出的痛快。

这时,镇上一个叫"癫头"的二流子走进店里,一见久女正在自斟自饮,便靠了上来:"久妹,被人甩了?大哥我不嫌弃,跟着我咋样?"

久女咧嘴一笑:"行啊,先陪我喝几杯酒再说。"

喝白酒是癫头的拿手好戏,三杯四杯不醉,他当即向店老板要过酒杯,跟久女推杯换盏地喝了起来。

第一瓶酒下肚,癫头花言巧语;第二瓶酒下肚,癫头胡言乱语;第三瓶酒下肚,癫头早已溜到桌底,不言不语了。

而久女此时反倒更加神清气爽,喝光了瓶底的酒,临走时又踢了癫头一脚:"没出息的家伙!"

久女这一喝,就喝出了名,人们不叫她久女,而改叫她"酒女"了。店老板也想极力留住酒女,他心里明白:凭酒女这个酒量,就是一块响当当的招牌。

这天,店老板把酒女堵在店里,又把想留她的意思说了。

酒女一改往日嘻嘻哈哈的样子,认真地对店老板说:"想让我在你酒馆里干可以,但我不当跑腿的。"

店老板问:"那你想干什么?"

酒女说:"你想留我,就得让我当老板娘!"

店老板一愣,随即明白了,乐得像个笑弥勒:这不是天上掉下个林妹妹么?

两人一拍即合,三天后就把婚事办了。

酒女成了老板娘，从此神采飞扬，她不但把酒馆里的一切打理得井井有条，而且每逢客人来，还会一圈圈地给他们敬酒，把他们伺候得格外舒服。

半年后，酒女虽然腆着个大肚子在酒馆里忙活，那酒却一滴没少喝，客人给她打趣说："酒女，小心生个酒精儿。"

酒女听了直笑，却故意装着糊涂："啥，生个九斤儿？那是托你们的福，我巴不得哩！"

说也奇了，没过多久，酒女生了个儿子，还真是个九斤差一两的大胖小子。酒女乐了，可店老板却愁坏了。为啥？那大胖小子落地三天，眼睛不眨一下，只顾呼呼地睡。

店老板去找医生，医生也很奇怪，就问酒女："你仔细想想，生孩子前几天，你吃了些啥？喝了些啥？"

酒女抓着脑勺想了半天，对医生说："我没吃啥特别的呀，只不过生的前一天，我瞒着娃他爹喝了两斤白酒呀。"

医生一听，拍手惊叫起来："这就对了，看看，看看，你把孩子醉成啥样了！"

直到三天后，那大胖小子才终于醒了，睁开眼睛就张着小嘴找吃的。酒女生了一对大奶子，却没有奶水，娃子饿得"哇哇"直哭，店老板赶紧去买来奶粉，用水冲开，灌进奶瓶。

谁知奶嘴送进娃子嘴里，他就是不吃。店老板急得搓着两只手根本没办法，酒女骂他："天底下没有比你更笨的人了！"

酒女让男人拿来白酒，往奶瓶里兑了几滴，送进娃子嘴里，只见那娃子"咕咕咕"地一气儿就喝下了半多瓶。

酒女咧嘴一声苦笑："这下坏了，他接我的班啦！"

（魏永贵）

（题图：杨宏富）

油葫芦

有家风雨家具店,老板叫胡和,外号"老酒鬼"。老酒鬼酒喝得狠,最起码五十度的,而且为人比喝酒更狠,又刻薄又小气。

风雨家具店有三间门面,起先老酒鬼雇了两个伙计帮忙,但没过三天就反悔了。为啥?他心里盘算:雇了伙计,总归要给他发工资,还不如收个徒弟合算,徒弟学徒学三年,按规矩再帮三年,满师出门时还要给我谢师钱,家具店又没多少技术可传,不就等于是找个人来替自己白干六年吗?这样的便宜事,不做白不做哩!

这么一想,老酒鬼便把两个伙计辞了,贴出告示,招收徒弟。

老酒鬼招收徒弟的法子很特别,考试时只拿出几个酒瓶子。

他问第一个来考的年轻人:"你愿意当我的徒弟吗?"

年轻人说："当然愿意。"

老酒鬼便点点头："愿意就好，我给你看样东西。"说着，拿出一瓶白酒，问，"这是什么？"

年轻人看了看，说："是白酒，山西汾酒。"

老酒鬼见年轻人非但识酒，还知道产地，猜想他准是个酒鬼，立刻回了他。

过了几天，又有一个年轻人来。

老酒鬼问他："你愿意当我的徒弟吗？"

年轻人说："当然愿意。"

老酒鬼便点点头："愿意就好，我给你看样东西。"说着，拿出一瓶黄酒，问，"这是什么？"

年轻人看了看，说："是花雕，绍兴花雕，五年陈的。"

老酒鬼一听，心想又是个酒鬼，不能要，于是也回了他。

老酒鬼自己喜欢喝酒，为啥见来了懂酒的就不要人家呢？原来他肚子里有自己的小算盘。他招徒弟的目的是要人家白给他打工，如果招个懂酒的，就准会喝酒，一喝准误事，那店里的生意还让谁做呢？再者，他还怕徒弟偷喝他的酒，所以这类人他一概不要。

不知咋的，老酒鬼这心思被一个叫油葫芦的人探得。油葫芦平时一向好吃懒做，他眼珠子骨碌碌一转，就兴冲冲地来找老酒鬼，对他说："师傅，我拜师来了！"

老酒鬼不认识油葫芦，看他好像蛮老实的样子，便问："你愿意来当我的徒弟？"

油葫芦说："当然，当然愿意。"

老酒鬼便点点头："愿意就好。我给你看样东西。"说着，从酒柜里拿出一瓶五粮液，问，"你看看，这是什么？"

油葫芦看了又看，然后朝老酒鬼摇摇头，说："不知道。"

老酒鬼心中不由一喜，又回手拿出一瓶绍兴加饭酒，问油葫芦:"你再看看,这是什么?"

油葫芦接过来,又仔细地看,看了半天,还是摇头:"不知道。"

嘿,有门儿了。老酒鬼索性把瓶盖子打开,把酒瓶举到油葫芦鼻子跟前,说:"你闻闻,真不知道这是什么东西?"

油葫芦用鼻子一闻,眉头一皱,往后一退,做出一副要吐的样子,说:"师傅,您为啥要把马尿装到瓶子里去?"

老酒鬼一看油葫芦这副傻样呀,高兴得一拍大腿说:"好好好,我可招到好徒弟了!"

就这样,油葫芦成了老酒鬼的徒弟。

开头几天,老酒鬼叫油葫芦干啥,油葫芦就干啥,而且干得认认真真,嘴巴里还"师傅"长、"师傅"短地直叫,逗得老酒鬼像跌进了迷魂汤里,分不清东西南北。

这一天,老酒鬼打牌赢了钱,买了一只老母鸡、一块火腿肉和几瓶酒回来,打算好好吃一顿,谁知刚踏进门,就有电话来,说他们那里"三缺一",叫老酒鬼快去。

老酒鬼心想:今天我手气正旺,何不趁机多赢一些? 于是就吩咐油葫芦:"徒弟,我打牌去了,明天早上回来,店里你帮我照看好。"

油葫芦听话地点点头,说:"师傅,您放心。"

自打收了油葫芦做徒弟,老酒鬼这是第一次晚上不回来,所以他想想有些不放心,便把火腿肉往墙上一挂,吩咐油葫芦说:"这东西价钱很贵的,你要给我看好了,别让猫叼了去。"

油葫芦恭恭敬敬地回答:"师傅,您放心,我会看好它的。"

老酒鬼又把老母鸡往后院里一放,说:"这只老母鸡你也帮我看好了,千万别让隔壁大黄狗叼了去。"

油葫芦头点得更勤了:"师傅,您尽管放心,我记住了。"

最后,老酒鬼又把买来的酒放进柜子里,对油葫芦说:"这几瓶装的都是砒霜,吃了要毒死人的,你可千万别去碰它。"

油葫芦一听,忍不住在肚子里暗笑:你以为我真不知道这是什么东西?不过他表面上仍然装出一副老老实实的样子,对老酒鬼说:"师傅,我干吗要去碰毒药?我才不想死呢,您就放心去吧。"

老酒鬼觉得自己该关照的都关照了,这才抬脚走人。

谁想老酒鬼这一走,油葫芦立刻就来劲了,他赶紧关了店门,到后院去把老母鸡捉来宰了,又把挂在墙上的火腿肉拿下来,洗净斩碎后塞进老母鸡肚子里,然后把它放在锅里煮。

没多少工夫,火腿肉酥了,老母鸡也熟了,油葫芦便打开酒柜,把那几瓶酒拿出来,往桌子边一坐,连吃带喝,将这些东西统统扫进肚子里。然后,他把碗筷和吐在桌上的骨头收拾收拾,把酒瓶子往地上一扔,就心满意足地往老酒鬼床上一躺,呼呼大睡起来。

第二天天亮,老酒鬼钞票输得精光,带着一肚皮闷气回来,他进门就闻到一股扑鼻的酒香,再一看,那几只酒瓶子歪倒在地上,油葫芦正四仰八叉地睡在他的床上。他顿时大惊,赶紧屋里屋外地看,发现挂在墙上的火腿肉没了,后院的老母鸡也不见了踪影,不觉火冒三丈,冲到床前,抬手就狠狠地朝油葫芦脸上扇了两个耳光,大吼道:"睡你个头?起来!你给我起来!"

油葫芦睁眼一看,是老酒鬼回来了,赶紧从床上滚下来,跪在地上哭着说:"师傅呀,您走了之后,我在店堂里做买卖,忽然听见后院有鸡叫声,急忙跑出去看,原来是隔壁的大黄狗把老母鸡给叼了去,我拼命追,但没有追上。我怕挂在墙上的火腿肉也会被猫叼去,于是就急忙跑回屋里,谁知这时候火腿肉已经被猫叼走了。我想想师傅交给我的事情一件都没有办好,还有什么脸面活在世上?我也不想活了,于是就把您放在柜子里的毒药拿了一瓶出来喝,竟然没死成,只好把另外几瓶也一起喝了,这才感到头昏昏沉沉的……师傅呀,您说,我把这些毒药都喝下去了,为啥到现在还没死成呀?"

老酒鬼听了油葫芦这番话,心里就像被针扎了一样痛,气得跺着脚直喊:"你……你这个该死的家伙!"

油葫芦肚子里暗笑,却还要装出一副寻死的样子,扑到酒柜前大叫:"师傅,我还有什么脸面做您的徒弟啊,我不想活了,柜里还有毒药吗? 我索性把它们也统统喝了吧!"他一边叫着,一边就要拉柜门。

老酒鬼真是气不打一处来,大声咆哮道:"你不死,我可要被你气死啦!"

（张道余　讲述）

（**题图**：魏忠善）

找 替 身

　　张科长酒量特别大,可有一次不知怎么搞的,不但喝醉酒,而且醉死了。

　　死了以后,张科长才知道活着的好处,于是就千方百计地打听托生的办法,终于得到一个秘密:你死在哪儿,就到哪儿去找替身;你因为什么事儿死的,就得让人家干那事儿,然后让人家把你替出来。

　　当晚,张科长便趁着天黑,躲过看守的小鬼,熟门熟路来到自己当初醉死的那个酒家,进去一看,里面依然人声鼎沸。

　　张科长在各个酒桌间转了一圈,发现有个大胖子,人看上去很老实,满桌的人谁敬他酒他都一口喝尽,"行了,"张科长心说,"我的替身就是老兄你了!"

为了让胖子快快醉死,张科长用了一点小法术,把胖子酒杯里原来三十八度的酒换成了五十八度的烈性高粱。

可谁料偏偏事与愿违,这个胖子一点没醉,反倒是他旁边的人,一个个都醉倒在了酒桌底下。

这不算,胖子酒杯里浓烈的酒味,把张科长的酒瘾吊上来了,张科长一时性起,"啪"坐到胖子对面,撸胳膊挽袖子地说:"敢不敢和我喝?"

胖子朗声大笑:"岂有不敢之理?"

两个人于是便推杯换盏地喝起来。

也不知喝了多少时候,胖子依然面不改色,可张科长却扛不住了,终于滑到了酒桌底下。

迷迷糊糊中,张科长好像听到胖子在说:"孬样,还想和我比?当年我活着的时候,当的可是处长!"

张科长大概永远也不会知道,他这个原本海量的好酒者怎么会真做了酒鬼?其实当初,就是这个胖处长找他张科长给做的替身哪!

(林　火)

(**题图**:张　恢)

一
向
如
此

　　深夜，一个在酒吧喝得醉醺醺的男人挥手招来服务员，给了他一百块小费，问："现在几点了？"

　　服务员见他出手如此阔绰，就好奇地问："像您这么有钱的先生，会没有自己的手表吗？"

　　男人说："怎么没有，还是块'劳力士'呢！只不过，我一向把它放在我助手的手脖子上。"

　　服务员道："啊，您还有助手，怎么没见他来呢？"

　　男人说："我一个人出来的时候，一向把他放在我的'劳斯莱斯'里。"

　　服务员听说他还有进口名车，更加敬慕了，可伸头朝门口一看，又非常奇怪，因为外面根本就没有车的影子。他赶紧对男人说:"您是不是出去看看呀,外面连车影子都没有。"

男人听了却一点也不惊慌,说:"那是正常的,我的劳斯莱斯这时候一向放在我的别墅里。"

服务员惊呼:"哇,您还有别墅?那平时谁住那儿呢?"

男人说:"废话!别墅向来是藏二奶的地方,要不怎么叫别墅?"

这么富有的人,拥有个二奶,服务员完全能理解,他只是好奇:"那您夫人一向放在哪儿呢?"

男人的脸上立刻露出一副苦恼相,说:"我不在家的时候,她一向在我二奶那里。"

服务员闻言大惊:"那这两个女人不是要打起来了吗?"

男人瞥他一眼,说:"打不起来。这种时候,我二奶一向在她包养的二爷那里。"

"噢——"服务员松了一口气,突然对眼前这个男人心生同情。

忽然,服务员又想起一个问题:"您二奶既然不在别墅里,那您夫人还老上那儿去干吗?"

男人听服务员这么问,突然发起怒来,抬手就把手里的一杯酒朝服务员脸上泼去:"这你都不懂?笨蛋!她当然是去那儿会我的助手了!"

(张东兴)

(题图:李 加)

故事里的事

　　建材公司的董经理带着秘书小毛到南方去谈生意，由于他们是采购大户，所以那里的生产商都想巴结他们，争相拉着他们宴请。

　　这天，一家生产商在酒店里宴请董经理和小毛，酒酣耳热之际，小毛为了活跃气氛，提议每人讲个故事。众人齐声叫好，还请董经理先讲。

　　董经理想起小时候听爷爷讲过的一个故事，便给大家讲了起来：

　　从前有一个瞎子，靠算命为生，那时候人们都迷信，所以瞎子干这行能挣不少钱。但问题是瞎子眼睛看不见，平时外出接活很不方便，于是就找了个人陪他，一方面可以给他领路，另一方面还能帮他揽生意。

瞎子找的这个人是个聋子。

聋子愿意帮瞎子的忙，但他不乐意瞎子开给他的工钱，说瞎子必须把所有收入都拿出来，和他五五分成。

瞎子因为找不到第二个人帮忙，不得已的情况下只好答应聋子。不过，这一来瞎子就多了个心眼，他知道聋子听不见，于是就和顾客商量好，卦钱分两次给他，当面给一半，背着聋子再给一半。这样，瞎子只需把收入的四分之一给聋子就行了。

然而瞎子没料到，这聋子虽说耳朵不好使，但眼睛却尖得很。一次，有个顾客算完卦，当面给了瞎子一半的钱，背过身又偷偷把另一半钱塞进瞎子身上背的口袋里。聋子看在眼里，却不动声色。

过了一会儿，聋子对瞎子说："现在没人来算卦，我给你讲个笑话如何？"

"好啊，你讲吧。"瞎子痛快地点头。

那聋子便讲了起来。

聋子说，鲤鱼最大的心愿就是跳龙门。有一条红鲤鱼，天天练本领，后来觉得自己本事不小了，这天就鼓足力气试着跳龙门，没想"腾"地一下，还真跳过去了。

可不巧的是，那天龙王爷正好在龙门那边巡视，一看跳过来一条红鲤鱼，就说："这么小就来跳龙门，分量够吗？"龙王吩咐手下把红鲤鱼放到秤上去称。

这一称，果真比录取标准轻了半两，于是龙王就下令把红鲤鱼扔回去，红鲤鱼伤心地哭了起来。

这时，一只虾游过来，看见红鲤鱼在哭，就问它为什么这么伤心，红鲤鱼把自己跳龙门的遭遇一说，虾没吭声。

原来，虾也一直想跳过龙门去那边的世界开开眼界，它觉得这是个好机会，于是想了想，就给红鲤鱼出主意说："我有个办法,我藏在你的腮里,咱俩加在一块,分量不就够了?"

红鲤鱼一听,觉得这个办法好,便让虾钻进它的鳃里,然后再次奋力朝龙门跳去。

这时龙王还没有走远,红鲤鱼跃过龙门,正巧就落到它身边,龙王一见,说:"这不是刚才扔回去的那条红鲤鱼吗,怎么又跳过来了?"

红鲤鱼赶紧声辩:"不不不,刚才不是我,我这是头一次跳龙门。"

龙王是什么眼力哪!它见红鲤鱼不认账,就吩咐手下再称它一次,谁知这次称,却跟录取标准一点儿不差。

龙王十分奇怪:小小一条红鲤鱼,怎么一会儿就长了半两重?他盯着红鲤鱼转了一圈,冷笑一声,一伸手,把那只虾从它腮里揪了出来。

龙王大怒道:"好你个虾(瞎)王八蛋,连你龙(聋)爷爷都敢蒙呀?"

"哈哈哈……"董经理讲到这里,酒桌上的人都听出了聋子给瞎子讲这个故事的用意,不禁放声大笑起来。

然而,秘书小毛没有笑,他干咳一声,从口袋里掏出一叠钱,尴尬地对董经理说:"董经理,这是客户给的回扣,我以为你不知道,没想……我……我现在全部上交。"

(刘六良)

(题图:李 加)